ARICIDIE
OV
LE MARIAGE DE TITE,
TRAGI-COMEDIE.

Par le vert

Imprimé à Roüen, & se vend

A PARIS,

Chez ANTOINE DE SOMMAVILLE, au Palais, en la Gallerie des Merciers, à l'Escu de France.

M. DC. XLVI.

AVEC PRIVILEGE DV ROY.

A
MADEMOISELLE
DE
MANICAMP.

MADEMOISELLE,

I'ay long-temps balancé si i'oserois vous dédier cét Ouvrage, & consacrer à vos éminentes vertus des marques publiques de mes defauts & de mon insuffisance. I'aprehendois avec raison que tout le monde ne me blâmast avec iustice, & qu'ayant vne entiere cognoissance de la perfection de vostre esprit, on ne m'accusast doublement & de vous avoir choisie, & de vous avoir trop peu offert. Ie vous avouë, MADEMOISELLE, que ces considerations ont pensé d'abord me retenir, & que celles qui m'ont persuadé d'estre assez hardy pour vous presenter ces petites marques de ma servitude & de ma recognoissance, ont presque cedé à celle qui me conseilloit d'estre plus judicieux, & moins temeraire: Celle-cy avoit du raisonnement & de l'esclat, les autres ont de la sincerité & du zele, & comme ces dernieres se sont trouvées plus conformes à mon inclination, ie les ay appuyées de quelques raisons que ie veux exposer à vostre bonté, & tâcher par là, ou de iustifier ma hardiesse, ou de rendre ma faute plus excusable. Ie vous offre donc, MADEMOISELLE, vn portrait mal tracé des legitimes affections de TITE, le plus aymable Prince de la terre ; Ce vaillant heritier de l'Empire, que l'on nomma iustemẽt, Les delices du genre humain, pour se rendre digne successeur de son Pere, porta ses armes & sa gloire dans la Palestine, & revint à Rome chargé des despoüilles des Iuifs, & tout couvert des Palmes de l'Idumée. Sa ieunesſe & ſon pouvoir abſolu luy firent à la verité contracter quelques habitudes peu ſeantes à la Vertu du premier homme du monde, & l'Amour tâcha de retarder ſes conqueſtes par les apas de BERENICE, qui voulut aſſervir ſon vainqueur, & ſe rendre Maiſtreſſe d'vn des Maiſtres de l'Vniuers: Mais le devoir l'emporta ſur la paſſion; & comme le Genie de Rome avoit deſia ſurmonté celuy de Ieruſalem, il fut touſiours le meſme; la modeſtie d'vne Romaine parut plus grande par l'oppoſition de l'orgueilleux deſſein d'vne Eſtrangere, & la vertueuſe retenuë d'ARICIDIE triompha de la trop libre ambition de BERENICE. Cette malheureuſe Princeſſe retourna dans ſon pays, où la desſolation & ſon dépit exciterent vne haine ſi furieuſe contre les Romains, que ſes Deſcendants les voyant embarraſſez en d'autres guerres, tâcherent à vanger leurs affronts, & firent revivre apres quelques ſiecles vne querelle, où le Ciel aſſiſta viſiblement le party qui ſe declara contre eux. Il choiſit nos Monarques François pour chaſtier cette infidelité renaiſſante, & comme VESPASIAN avoit achevé ce grand ouvrage par l'aſſiſtance & le miniſtere de TITE, vn de nos Roys ſe trouva appuyé par les armes d'vn de vos Ayeulx, & la Pieté de PHILIPPE AUGUSTE commẽça, ce que la valeur d'ALBERT DE LONGUEVAL mit heureuſement à fin. Ce fut luy, MADEMOISELLE, qui rẽdit le nom des François & le sien si redoutables, qu'ayant arboré l'estandart de la Croix & la banniere des Fleurs-de-lys sur les plus hauts Cedres du Liban, il fut consideré comme l'Aigle dans la Fable, qui portoit les foudres de Iupiter, ou cõme nostre TITE dans l'Histoire, qui faisoit combatre & triompher les Armées de son Pere. C'est de cette belle source que sont escoulez des ruisseaux qui se sont espandus par toute la terre; c'est de cette illustre tige que sont sorties des branches qui se sont espãduës dans l'Asie & dans l'Europe; & c'est de ce vaillant Heros que sont descendus tant de braves Capitaines si renommez dans les Histoires. Ils ont marché sur les pas glorieux de leur Predeceſſeur, & ſi les vns ont arroſé de leur ſang les campagnes qui furent ſi heureuſes à l'Angleterre, & ſi fatales à la France, les autres ont obligé la Fortune à ſe repentir de ce mauuais traitement, & ſous les noms fameux de MANICAMP & de BVCQVOY, ils ont porté le bon-heur & la victoire dans le party pour lequel ils ont combatu. A qui donc plus iuſtement qu'à la petite fille de ce Grand ALBERT pourrois-ie dédier les dernieres Amours, le Mariage, & l'Epithalame du Prince qu'il s'eſtoit propoſé pour modele, & dont il a ſi bien imité les actions? Si i'avois choiſi vne autre perſonne que vous, MADEMOISELLE, à qui i'euſſe voulu offrir ce preſent, qu'on doit conſiderer non pas tel que ie l'ay fait, mais tel qu'vne main plus habile que la mienne l'auroit pû faire ; il m'auroit peut-eſtre fallu diſſimuler quelque choſe de la verité, de peur de la rendre honteuſe, & i'aurois eſté contraint de trouver de fauſſes loüanges dans le déguiſement de certains vices, ou ſur la ſimple reſſemblance de quelques vertus. Mais puiſque vous les poſſedez toutes, MADEMOISELLE, elles me reduiſent dans vne neceſſité contraire, & forçent mon impuiſſance à ne point parler d'elles, de peur de n'en parler pas aſſez noblement. Ie veux ſeulement du peu que le Ciel m'a preſté de lumiere & de voix, faire voir à ceux qui ont le malheur de ne vous avoir iamais veuë, & faire entendre à tous les autres, qu'entre les plus belles personnes du monde, il n'y en a point qui vous surpasse en esclat, peu qui vous égalent en majesté, mais beaucoup qui vous cedent en l'vn & en l'autre. C'est vne verité, MADEMOISELLE, que toute la Cour ayant publiée, & qui s'estant répanduë par les Provinces, a passé mesmes iusques aux Royaumes esloignez, où la Renommée a parlé si avantageusement & si veritablement de vostre ieune & parfaite beauté, qu'elle a fait venir aux Roys estrangers vn desir passionné de voir & d'admirer vostre Peinture. Ie ne sçay pas encor quel effet elle y a produit, ie sçay seulement que l'Original a autant d'Esclaves que de Spectateurs, dont les cœurs adorent avec crainte & ſans eſperance, ce que leurs yeux contemplent avec ſatisfaction & ſans ennuy. Mais ie commence, vn peu trop tard peut-eſtre, à m'appercevoir de celuy que ie vous cauſe, & que voſtre modeſtie me deffend de continuer, ce que mon zele me commande de pourſuivre: I'avois encor beaucoup de choſes à dire, & les penſées que la voſtre m'inſpire, me rendent ſi fecond, que ie me fais quelque violence de vous obeyr & de me taire. Ie vous obeys pourtant, MADEMOISELLE, puiſque ie ne ſeray deſormais au monde que pour cela, & dans le nombre des Eloges que voſtre merite exige de ma paſſion, le ſilence que voſtre reſpect m'impoſe, n'eſt pas vne petite marque du grand pouvoir que vous avez ſur moy, qui ay touſiours eſté de tout mon cœur, qui ſuis plus que perſonne, & qui ſeray toute ma vie,

MADEMOISELLE,

Voſtre tres-humble & tres-obeïſſant ſeruiteur,
LE VERT.

AV LECTEVR.

Comme ie suis assez heureux pour estre né Normand, ie ne suis pas assez vain pour croire qu'on ne me reprochera pas les deffauts que le Vulgaire impute grossierement à ceux de ma Nation. Il les accuse d'alterer quelquefois la Verité, & de cacher sous des addresses artificieuses, le lustre & l'esclat de cette brillante lumiere de toutes les actions de la vie. Il me seroit aussi glorieux que facile de deffendre icy l'innocence, & la cause generale de ma Patrie, & de rejetter sur la jalousie que l'on a conceuë autrefois de ses anciennes prosperitez, cette injuste calomnie, confirmée seulement par le Temps & par la Médisance : Mais puisque ie reserue pour vn autre lieu cette Apologie, & ce pieux deuoir que ie veux rendre à mon Pays ; ie me contenteray maintenant de ne m'interesser que pour moy, & d'appuyer par de solides tesmoignages la baze & le sujet de mon Poëme. Ceux qui n'ont cognu Tite que superficiellement, ont tousiours pensé que ce Prince n'a iamais aimé que Berenice, & n'ayant esté que deux ans Empereur, qu'il soit mort fort ieune : Mais Suetone les instruira suffisamment de ses inclinations, & leur aprendra qu'il fut marié deux fois ; Que sa premiere femme estoit nostre Aricidie fille de Tertulle Cheualier Romain, qui auoit esté Capitaine des Cohortes Pretoriennes ; & que la seconde se nommoit Marcie Fuluie, qu'il espousa à l'âge de quarante ans. Ie n'ay point apprehendé de bastir sur ce fondement, & la principale action de cét ouurage, estant son mariage, qui est vn incident & vne circonstance veritable dans l'Histoire ; il m'a semblé que ie pouuois y joindre quelque Episode vray-semblable. Ie l'ay trouué dans Tacite, qui rapporte au 4. liu. des hist. que Vologese Roy des Parthes enuoya des Ambassadeurs à Vespasian, luy offrir quarante mille hommes de cheual, pour l'assister dans la Guerre qu'il commençoit pour lors contre Vitelle ; & sur cette amitié effectiue qui estoit entre ces deux Princes, i'ay feint vne alliance apparente qui peut y auoir esté : Car comme ie ne sçaurois monstrer que Domitian ayt espousé Zaratte fille de Vologese, aussi ne peut-on pas me prouuer qu'elle n'ait point esté sa femme qui soit morte aux premieres années de leur mariage. Voilà, mon cher Lecteur, dequoy i'ay formé le corps de mon sujet, & le peu que i'auois à vous dire, que vous aprouuerez si vous estes de mon sentiment. Les Prefaces que i'ayme quand elles ne sont pas trop longues, ne me *ſemblent point abſolument inutiles, particulierement dans les Hiſtoires peu cognuës, où le moindre aduertiſſement donne quelquefois beaucoup de lumiere & d'intelligence. Ie n'ignore pas que cette mienne opinion, ne puiſſe eſtre condamnée de quelques-vns, mais ie ſçay bien auſſi qu'elle eſt ſuiuie de beaucoup d'autres, & que i'ay pour modele & pour l'artiſan, (comme pour amy & pour compatriote, dont ie ne tire pas vne petite vanité) le grand Maiſtre de l'Art, qui dans le Cinna, & le Polyeucte, n'a pas iugé hors de propos de preparer ſes Lecteurs, par des commencements ſemblables.*

Extraict du Priuilege du Roy.

PAR grace & Priuilege du Roy, en datte du dernier iour d'Aouſt *1646.* Signé, Par le Roy en ſon Conſeil, SIMON, il eſt permis à Antoine de Sommauille Marchand Libraire à Paris, d'imprimer ou faire imprimer, vendre & diſtribuer vne piece de Theatre intitulée *Aricidie, ou le Mariage de Tite, Tragi-comedie, de Mr le Vert,* & ce durant le temps & eſpace de cinq ans, à compter du iour qu'elle ſera acheuée d'imprimer : Et deffences ſont faites à tous Imprimeurs, Libraires & autres, de contrefaire ladite piece, ny meſme en vendre ou expoſer en vente, ſans le conſentement dudit de Sommauille, ou de ceux qui auront droict de luy, à peine de trois mil liures d'amende, & de tous deſpens, dommages & intereſts, ainſi qu'il eſt plus amplement porté par leſdites Lettres, qui ſont en vertu du preſent Extraict tenuës pour bien & deuëment ſignifiées, à ce qu'aucun n'en pretende cauſe d'ignorance.

ET ledit de Sommauille a aſſocié auec luy au droict de la moitié dudit Priuilege, Touſſainct Quinet, auſſi Marchand Libraire à Paris, ſuiuant l'accord fait entr'eux.

Les Exemplaires ont eſté fournis.

Acheué d'imprimer pour la premiere fois, le dernier iour d'Octobre 1646.

ACTEVRS.

VESPASIAN Empereur.

TITE Amant d'Aricidie.

DOMITIAN Amoureux de Zaratte.

TERTVLLE Pere d'Aricidie & d'Emilie.

LVCILE Gentilhomme Romain.

TREBACE Tribun.

ARICIDIE Amante de Tite.

EMILIE Sœur d'Aricidie.

ZARATTE Princesse des Parthes.

ZELANE Confidente de Zaratte.

Vn Soldat.

Troupe de Gardes.

La Scene est dans Rome.

ARICIDIE OV LE MARIAGE DE TITE, TRAGI-COMEDIE.

ACTE I.

SCENE PREMIERE.

ARICIDIE, EMILIE.

ARICIDIE.

AIS pourquoy si long-temps me suiure & s'obstiner?
C'est perdre vostre peine, & c'est m'importuner,

Elle tient vne lettre d'vne main, & vne bougie de l'autre.

Cette lettre en vn mot m'est de trop d'importance,
Vous ne la verrez point.

EMILIE.

Vostre refus m'offence,
Et vous auez pour moy dans cette occasion
Beaucoup de deffiance & peu d'affection,
N'estes-vous pas ma sœur? suis-ie pas vostre aisnée?

ARICIDIE.

Ouy; mais quoy, ie suis fille, & de plus obstinée,
Si bien qu'ayant conclu de n'en parler iamais,
Vostre colere à part, ma sœur, ie vous promets
Que ie ne puis icy respondre à vostre attente.

EMILIE.

Je suis donc bien suspecte, ou bien indifferente.

ARICIDIE.

Vous ne la verrez point, ma sœur, n'en parlons plus.

EMILIE.

Mais que puis-ie penser apres vn tel refus?
Ne dois-ie pas iuger que puis qu'on me la cache

Elle vous met au front quelque honteuse tache,
Et que c'est le billet de quelque suborneur
Qui vous ayant seduite obscurcit vostre honneur?

ARICIDIE.

Ah, ma sœur, vostre crainte est vn peu criminelle,
Mon front & mon honneur s'arment pour ma querelle,
Vostre doute est injuste, & contre vous & luy
L'vn est mon interprete, & l'autre est mon appuy:
Perdez, puisqu'il le faut, ce sentiment seuere
Meslé d'vn peu d'enuie, & d'vn peu de cholere,
Et voulant arracher vn secret de mon cœur,
Traitez ses hauts projets auec moins de rigueur:
Vous pensez m'éblouyr auecques cette ruse,
Vous feignez ce soupçon, mais vostre esprit s'abuse,
Car deußiez-vous en estre encor plus en soucy,
Je ne puis vous monstrer ce que ie cache icy.

EMILIE.

J'aurois desia banny mon enuie & ma crainte
Si d'vn iuste desir ie n'estois pas attainte,
Et si tant de refus n'auoient pas irrité
Ce qui n'estoit d'abord que curiosité:
Mais la honte ou l'honneur de toute vne famille

S'appuyant sur la honte, ou l'honneur d'vne fille,
Ie fonde mes soupçons sur la mesme raison,
Et si i'ay peur icy, c'est pour nostre maison:
Ainsi, ma sœur, il faut que malgré moy i'escoute
Ma crainte, mon soupçon, mon desir, & mon doute,
Et que vous approuuiez de la mesme façon
Mon doute, mon desir, ma crainte, & mon soupçon.

ARICIDIE.

Pour esloigner de vous ces bizarres pensées
Où mon honneur & moy sommes interessées,
Et pour vous faire voir que vostre opinion
Condamne injustement vne iuste action,
Aprenez que i'acheue vne haute entreprise;
Mais apprenez aussi que l'honneur m'authorise,
Et qu'vn illustre orgueil, & digne de mon rang,
Ne me fait rien commettre indigne de mon sang.
La vertu qui me guide, & que mon cœur respecte,
Doit chasser les soupçons d'vne heure si suspecte,
Le flambeau que ie porte esclaire mes projets,
Qui les conçoit honteux ne s'en seruit iamais:
Au contraire le vice insociable & sombre,
Loing d'éclatter au iour, s'escarte & cherche l'ombre:
Puis vous deuez traiter auec moins de rigueur

Cét escrit qui vous met tant de desirs au cœur,
Il falloit dés tantost, sans le charger de blâme, (ame,
Puisqu'il est dans mes mains, qu'il fust mieux dans vostre
N'estant pas fille enfin à croire vn suborneur,
A me laisser tromper, ou trahir mon honneur :
Ainsi vous auez tort si vostre esprit escoute
La crainte, le desir, le soupçon, & le doute,
Et si vous ne chassez de la mesme façon
Le doute, le desir, la crainte, & le soupçon.

EMILIE.

Vous m'aduoüerez au moins que vous seriez couchée
Si quelque peu d'amour ne vous auoit touchée.

ARICIDIE.

Pour vous ce n'est point luy qui vous améne icy.

EMILIE.

M'en preseruent les Dieux, ie m'en deffends aussi,
Vous sçauez à quel poinct mon ame le mesprise,
Et qu'aucun homme encor n'a surpris ma franchise.

ARICIDIE.

Ouy ie sçay que iamais on n'a sçeu vous oster

Vn desdain naturel qui ne peut vous quitter,
Certaine humeur farouche, altiere, indifferente,
Qui fait que vous passez pour vne suffisante,
Et que iusqu'à present vostre abord glorieux
A perdu le butin qu'auoient gagné vos yeux.
C'est vne des raisons qui m'oblige en partie
A vous celer pourquoy ie suis tantost sortie,
N'osant pas descouurir mes secrets, ny mon cœur
A celle dont l'amour ne fut iamais vainqueur.

EMILIE.

Qu'il m'a fallu de temps à vous ouurir la bouche!
Ha vous n'estes donc pas altiere ny farouche?
Et loin de m'imiter, le Démon qui me suit
Vous attrape & vous porte en ces lieux? & de nuict?
Enfin l'amour vous picque? enfin il vous réueille
Cependant que chacun se repose & sommeille?
J'auois bien deuiné ce que vous m'aprenez.
Mais encor dites moy pour qui vous en tenez,
Ce billet, d'où vient-il?

ARICIDIE.

Ah, ma sœur, ie vous prie
Trefve de serieux, ou bien de raillerie,

L'vn ou l'autre m'offence en cette occasion,
Et vous ne ſçauriez rien par cette inuention.

EMILIE.

N'eſt-ce point que peut-eſtre en celuy qui vous dompte
Le peu d'extraction vous choque & vous fait honte?

ARICIDIE.

Au contraire, il eſt tel que quand vous le ſçaurez
C'eſt de préſomption dont vous me blaſmerez,
Et vous ne croirez pas que i'aye eu l'aſſeurance
De ſouffrir vn captif d'vne telle importance,
Il eſt riche, il eſt noble, il eſt illuſtre, & grand.

EMILIE.

S'il a ces qualitez ce diſcours me ſurptend.

ARICIDIE.

Et que me direz-vous ſi le ieune Lucile,
Heritier des grands biens du Prefect de Sicile,
Eſt celuy dont j'attends icy le rendez-vous?

EMILIE.

Qu'il a beaucoup d'eſtime au ſentiment de tous,

Qu'il vous fait quelque honneur, mais quoy qu'il en aduienne
Que vostre Race au moins esgale bien la sienne.

ARICIDIE.

Et si quelque autre encor d'vn plus illustre nom
En auoit le dessein?

EMILIE.

Parlez vous tout de bon?

ARICIDIE.

Valere, à ce qu'on dit, n'est-il pas honneste homme?
Et Lucile vaut-il vn des Consuls de Rome?
Dois-ie ne le pas voir? dois-ie le refuser?
S'il m'ayme, si ie l'ayme, & s'il veut m'espouser?

EMILIE.

Que vous estes trompée, ou que vous estes vaine!
Quoy! vous aspireriez à la grandeur Romaine?

ARICIDIE.

Et si l'incomparable & vaillant Mucian,
Amy de la Fortune & de Vespasian,

Grand de biens, grand d'eſprit, plus grand de renommée,
Preſque abſolu dans Rome, & General d'Armée,
Si, dis-ie, ce puiſſant & digne fauory
Vouloit abſolument deuenir mon mary,
N'aurois-ie pas raiſon ſans trop faire la vaine
D'aſpirer à l'éclat de la grandeur Romaine ?

EMILIE.

Ma Sœur, voſtre diſcours me fait voir clairement
Iuſqu'à quel poinct l'amour aueugle vn iugement.
Tertulle eſt noſtre Pere, & toute l'Italie
Sçait qu'il eſt d'vn ſang noble, & ſçait quelle eſt ſa vie,
Mais elle ſçait auſſi que ſans eſpargner rien
La guerre a conſommé ſa jeuneſſe & ſon bien,
Et que traiſnant depuis vne vie importune,
Il eſt bien dans l'eſtime, & mal dans la fortune,
De là procede en moy l'humeur qui vous déplaiſt ;
Car ſongeant ce qu'il fut, & non pas ce qu'il eſt,
Sçachant que mes ayeux ont gaigné des batailles,
Ont triomphé dans Rome, & ſauué ſes murailles,
Ie ne ſçaurois auoir le courage aſſez bas
Pour prendre aucun party qui ne me vaille pas.
Ceux qui ſe ſont offerts euſſent terny ma Race,
La leur eſtant ſans luſtre, incognuë, & trop baſſe,

Et i'ay bien mieux aimé demeurer ſans eſpoux
Que d'en accepter vn qui fuſt trop peu pour nous :
Cependant (permettez que mon ſoupçon eſclate)
Vous eſtes ſi credule , & tant d'orgueil vous flate,
Que vous penſez trouuer dans vn peu de beauté
Tout ce que nous perdons par noſtre pauureté :
Et puis quelle apparence en l'eſtat où nous ſommes,
Que le grand Mucian , le plus puiſſant des hommes,
Tout chargé de lauriers & de noms triomphants,
Le fauory du Prince & de ſes deux Enfants,
Euſt vn iuſte deſſein deſſus voſtre perſonne ?

ARICIDIE.

Il n'eſt pas encor temps que voſtre eſprit s'eſtonne,
Puiſque Mucian meſme eſt moins que mon amant,
Et qu'vn chaſte Hymenée eſt ſon but ſeulement,
En voicy la painture.

EMILIE.

O la folie extréme !
C'eſt le portrait de Tite !

ARICIDIE.

Ouy c'eſt Tite luy-meſme,

Et ie vous dis enfin que j'attends en ces lieux
Les delices du monde & le mignon des Cieux.

EMILIE.

La ſurpriſe & la peur me confondent enſemble,
Par l'vne ie m'eſtonne & par l'autre ie tremble
Quand ie viens à ſonger à quelle extremité
Vous doit porter tous deux cette inégalité:
Tite peut tout auoir, mais il dépend d'vn pere
Qui luy peut tout oſter s'il vient à luy déplaire
Et s'il ſçait que ſon Fils a oſé s'allier
Au ſang infortuné d'vn ſimple Cheualier,
Luy qui pour amortir cette mortelle haine
Que les Parthes auoient pour la grandeur Romaine,
Accepte en témoignage eternel de leur foy
Pour femme de ce Fils, la Fille de leur Roy?
Vous-meſme ignorez-vous que Rome ſe prépare
A receuoir demain cette illuſtre Barbare,
Et que pour rendre enfin vos deſſeins malheureux,
La renommée en fait Tite meſme amoureux?
Dites moy quel remede, ou pluſtoſt quel courage
Vous pouuez oppoſer aux coups de cét orage?
Et quel ſi grand effort d'artifice ou d'eſprit
Vous en peut garantir?

ARICIDIE.

Qui le peut? cét escrit.
Par luy Tite s'engage à me prendre pour femme,
Et par luy ie m'exempte & de honte & de blâme,
Lisez-le, mais sur tout gardez moy le secret,
Et voyez pour m'aymer ce que le Prince fait.

EMILIE.

Bien loing d'éuiter le couroux
Des Dieux, des destins, & d'vn Pere,
Ie fay gloire de leur déplaire
Afin de ne plaire qu'à vous;
Et de quelque beauté qu'on flate
L'orgueilleuse & noble Zaratte,
Qui vient nous trauerser iusques dans nostre Cour,
Mon cœur hait tant la perfidie,
Qu'il aime mieux perdre le iour
Et rompre le lien qui l'attache à la vie,
Que de rompre vos fers, & perdre vostre amour.
Enfin ie suis surprise, il faut que ie l'auouë,
La Fortune vous place au plus haut de sa rouë,
Vostre bonheur est proche, & vostre illustre amant
Ne sçauroit vous traiter plus genereusement,

Moy ſeule en ce rencontre ay droit d'eſtre offencée,
Ie me ſens ſeule à plaindre & ſeule intereſſée,
Voyant que vous auez iuſques icy taſché
De me tenir vos ſoings & voſtre feu caché,
Moy qui pour vous ſeruir euſſe fait mon poßible.

ARICIDIE.

Mais ie vous en ay dit la raiſon infaillible:
Car comme euſſé-ie oſé vous ouurir mon deſſein,
Ce feu n'ayant iamais eſchauffé voſtre ſein,
C'eſt ce qui me rendoit ſecrette & deffiante.

EMILIE.

Qui peut ne pas aymer peut eſtre confidente,
Et tel eſprit ſouuent a donné des aduis
Qu'en ſa propre conduite il n'auroit pas ſuiuis:
Mais depuis quand, encor, eſtes-vous aſſeurée
De l'amour qu'il vous porte & qu'il vous a jurée?

ARICIDIE.

Le Prince, à ce qu'il dit, m'ayme depuis cinq ans:
Mais ſon profond reſpect l'a celé ſi long-temps,
Que ie ſçay ſeulement depuis vn demy luſtre
Quelle puiſſance i'ay ſur ce Captif illuſtre,

Ie reserue à vous dire auec plus de loisir
Par quelle inuention il m'aprit son desir,
Et comme pour nous voir moy-mesme ie fis faire
Et luy donnay la clef du jardin de mon Pere,
C'est par ce moyen seul qu'aux plus obscures nuicts
Nous nous trouuons ensemble au lieu mesme où ie suis,
Et que son amitié noblement soustenuë,
S'augmente par la mienne, & par la retenuë.
Voyez si ie vous dis des secrets importants :
Au reste, chere Sœur, ie l'attends, ie l'entends,
De grace gardez moy ces gages de ma joye,
Et vous allez cacher de peur qu'il ne vous voye.

SCENE II

TITE, ARICIDIE.

TITE.

IE viens vous visiter pour la derniere fois
Auecques la contrainte où m'obligent vos loix,
Seul, de nuict, augmentant dedans des lieux si sombres,

Sans fuite, & sans esclat, le silence, & les ombres.
Mais il est temps enfin que ie vous face voir
Ce qu'exigent de moy l'amour & le deuoir,
Et que suiuant ma flame, & suiuant ma parole
Vous triomphiez de moy dedans le Capitole.
Ouy c'est là que ie veux apprendre à l'Vniuers
Que c'est vous seulement que i'ayme & que ie sers,
Et que i'ay trop de cœur, & vous trop de merite
Pour souffrir que Zaratte espouse iamais Tite.

ARICIDIE.

Seigneur, cette Estrangere a peut-estre des yeux
Qui sçauent captiuer les plus victorieux;
Et le bruit qui la peint si charmante & si belle
Peut me rendre ennuyeuse & vous rendre infidelle:
Mais si ie puis encor sans vous importuner
Vous dire à quoy mon cœur se doit déterminer,
Sçachez que dés l'instant que vous l'aurez vouluë,
Mon trespas est conclu, ma perte est resoluë,
Et pour me satisfaire, & pour vous obliger
Vous verrez si ie sçay me taire & me vanger.

TITE.

Vostre doute à la fois me contente & m'offence,

I'ayme, & ie veux du mal à vostre deffiance,
Qui fait que vostre cœur se partage à moitié,
Dont l'vne est au soupçon, & l'autre à l'amitié:
Mais perdez le premier, & me conseruez l'autre;
Vos destins sont les miens, ma fortune est la vostre,
Et sans blâmer Zaratte, ou trop faire le vain,
Vous estes sa Riuale, & moy ie suis Romain.
Mais il faut que quelqu'vn soit le dépositaire
Des serments mutuels que nous deuons nous faire,
Les Parthes par apres, ny mon Pere en couroux
Ne pourront empescher que ie ne sois à vous,
Et s'il faut contenter les Parthes & mon Pere,
Zaratte au lieu de moy peut espouser mon Frere.

ARICIDIE.

Ie veux tout ce qu'il faut, & tout ce qui vous plaist,
Mais pour vous dire enfin la chose comme elle est,
Puisqu'elle nous écoute, approuuez qu'Emilie
Seule soit le témoing du serment qui nous lie.

TITE.

Quoy! vostre Sœur....

ARICIDIE.

ARICIDIE.

A sçeu par curiosité
Tout ce que vous auez de generosité,
Et ie n'ay pû celer à son enuie extréme
Ny combien vous m'aymez, ny comme ie vous ayme;
Seigneur, souffrirez-vous qu'elle s'en vienne icy?

TITE.

Si vous le souhaitez, ie le souhaite aussi.

ARICIDIE.

Ma Sœur, approchez-vous, le Prince le commande.

SCENE III

EMILIE, TITE, ARICIDIE.

EMILIE.

IE vous remercirois d'vne faueur si grande,
Mais mon Pere sorty de son apartement,
Et qui vient droit à vous, m'oste le iugement.
Ie l'entends.

TITE.

Ie le voy.

ARICIDIE.

Seigneur, faites en sorte
De n'estre pas surpris, & de gagner la porte.

SCENE IV.

TERTVLLE, ARICIDIE, EMILIE.

TERTVLLE.

MEs yeux, que voyez vous ? Ah Traiſtre, il faut (mourir.

ARICIDIE.

Helas dans ce malheur qui peut me ſecourir ?

EMILIE.

Quoy, ſi toſt .....

ARICIDIE.

Ah, ma Sœur, ſouffrez que ie me pleigne ;
S'il recognoit le Prince, ou s'il faut qu'il l'atteigne....

EMILIE.

Mais ſans perdre du temps en diſcours ſuperflus

Voyons ce qu'il faut faire, & ne vous faschez plus.

ARICIDIE.

I'ay l'esprit trop confus, ie ne puis que respondre.

EMILIE.

Laissez-moy donc agir, gardez de vous confondre,
Remettez tout sur moy, qui pour vous garantir
Veux paroistre coupable, & tâcher à mentir.

TERTVLLE.

Quoy! pour mieux confirmer ce que ie viens d'aprendre
Vous ne le suiuez pas, & vous osez m'attendre?
Vous demeurez icy quand le traistre s'enfuit,
Et vous ne fuyez pas celuy qui le poursuit?
Est-ce pour m'en blâmer que ie vous vois encore,
Couple qui se diffame & qui me deshonore?
Ou si c'est pour me plaindre, & pour me reprocher
Que ie ne deuois pas sortir ny m'approcher,
Que mon soupçon est faux, ma cholere trop prompte,
Que ie deuois enfin trauailler à ma honte,
Et loing de me fascher, tenir à grand honneur
De surprendre auec vous vn lasche suborneur?
Ah Pere malheureux! Filles abandonnées!

Honteuſes à iamais mes dernieres années ;
Ah crime inexcuſable ! indigne de pardon !

EMILIE.

Mon Pere...

TERTVLLE.

Va tay-toy ; n'vſes plus de ce nom,
Et laiſſe agir en moy la douleur qui m'accable :
Mais que ie ſçache au moins quelle eſt la plus coupable,
Eſt-ce toy qu'on cajolle ? eſt-ce vous qui ſeruiez ?

ARICIDIE.

Mon Pere, i'arriuois comme vous arriuiez,
Pour prendre vn peu de frais dans vne nuit ſi belle.

TERTVLLE.

Ah ie me doutois bien qu'elle eſtoit criminelle,
Et qu'ayant iuſqu'icy paru ſans amitié,
Ses deſirs en eſtoient plus ardants de moitié.

EMILIE.

I'ay veſcu...

TERTVLLE.

Tu cachois dessous la retenuë
Ton humeur que mes yeux à la fin ont cognuë.

EMILIE.

Doncques pour faire voir mon innocence au iour,
Que mon esprit méprise & deteste l'amour,
Et qu'il en veut gauchir les atteintes fatales,
Permettez que demain i'entre chez les Vestales,
Et que ie vous témoigne (obseruant tous leurs vœux)
Que mon ame est sans tache, & mon cœur vertueux.

TERTVLLE.

O le cœur vertueux! ô la rare innocence!

EMILIE.

Puisque vostre couroux s'aigrit par ma presence,
Ie vay me retirer.

TERTVLLE.

Non, demeurez icy,
Ie veux auoir l'esprit plainement esclaircy,

Et puisque l'vne & l'autre auez la bouche close,
Ce papier m'en dira peut-estre quelque chose.

ARICIDIE.

Ma Sœur, ie suis perduë, il va tout découurir.

TERTVLLE.

Vne boitte à portrait?

ARICIDIE.

O Dieux il va l'ouurir.
Ma Sœur, ie vay tout dire.

EMILIE.

Ah, ma Sœur, au contraire
Nourissez son erreur, secondez sa cholere,
Blasmez mon procedé, bref trauaillons si bien
Qu'il vous croye innocente, & n'en soupçonne rien.

ARICIDIE.

Mais quoy! vous exposer à sa fureur extréme?

EMILIE.

Ne craignez rien pour moy, suffit que ie vous ayme.

TERTVLLE.

Ie recognois enfin que ie m'estois deceu,
Et le Prince est à plaindre estant si mal receu.
O rage ! ô desespoir ! quoy tu crois donc que Tite
Quittera tout pour toy quand ton honneur te quitte,
Et que n'espousant pas Zaratte ce matin
L'heritier des Cesars deuiendra ton butin ?
Les Princes en amour tiennent-ils leurs paroles ?
Sçache que leurs serments sont des serments friuoles,
Et qu'estant nez sans maistre, ils peuuent à leur choix
Inuenter, establir, rompre, ou garder les loix.
Regarde où te reduit ta funeste auanture,
Tu n'as rien en effet quand tu l'as en painture,
Si ce n'est que ta faute, & ses amours ayent fait
Ta gloire en apparence, & ta honte en effet.
Et vous ne sçauiez rien de ce complot infame ?

ARICIDIE.

Rien certes, & l'honneur qui m'excite & m'enflame,
M'inspire bien au cœur vn plus noble dessein
Que de voir quelque intrigue, & d'y prester la main.

TERTVLLE.

TERTVLLE.

Ie recognois en vous mon sang & mon courage.

ARICIDIE.

Considerez, ma Sœur, où vostre esprit s'engage,
Et dedans quel danger vous vous précipitez
Ne pouuant obtenir ce que vous meritez.
Helas! on doit bien plaindre vn sort comme le vostre,
Vous seruez de pretexte à l'amitié d'vne autre,
Et celle en qui le Prince a mis sa paßion,
Pour se cacher peut-estre emprunte vostre nom.

TERTVLLE.

Ah ma fille, il est vray.

ARICIDIE.

Mais supposons encore
Que ie fusse ou Zaratte, ou celle qu'il adore,
Ma Sœur, en vn rencontre égal à celuy-cy,
Sans doute qu'elle ou moy vous parlerions ainsi.
Emilie, escoutez, c'est moy que le Prince ayme,
C'est moy qui dois pretendre à sa grandeur supréme,
Et qu'auant qu'il soit peu son amour doit porter

Au plus illustre trône où l'on puisse monter :
C'est pour moy seule enfin qu'il a de la constance,
Et i'en ay trop de preuue & trop de cognoissance,
Pour croire qu'il osast me refuser la main,
Puisque sa foy l'y force, & qu'il est né Romain.

TERTVLLE.

Il n'oseroit sans doute, autrement ie veux croire
Que comme de sa vie, il iroit de sa gloire,
Et que Vespasian s'en sçauroit bien vanger
S'il auoit rejetté cét Hymen estranger.
Les Parthes, apres tout, font honneur à l'Empire.
Mais vostre front paslit, & vostre cœur souspire.

ARICIDIE.

Ouy, mon Pere, & mon cœur ne dément point mon front.

TERTVLLE.

Et qui peut vous causer vn changement si prompt ?

ARICIDIE.

L'interest que ie prends dans cét Hymen si proche.
Quoy ! j'oirray sans rougir que Rome vous reproche,
Que Tite ayant choisi vostre fille à son gré

Afin de l'esleuer dans vn plus haut degré,
Et redonner le lustre à toute vostre Race,
Vne autre cependant vienne vsurper sa place?
Trauerse vostre espoir? abatte nos projets?
Et nous remette au rang des plus simples sujets?

EMILIE.

Ma Sœur, que dites-vous?

ARICIDIE.

Il est vray, ie m'emporte,
Mais il faut excuser l'amour que ie luy porte.

TERTVLLE.

Va, tu n'aurois iamais vn si bon sentiment:
Va, te dis-je, & retourne en ton apartement,
I'approuue son transport, & i'estime son Zele.
Ne l'abandonnez point, obseruez tout en elle,
J'iray chez l'Empereur d'abord qu'il sera iour
Luy rendre vn conte exact de ce fantasque amour.

Fin du premier Acte.

ACTE II.

SCENE PREMIERE.

TITE, DOMITIAN.

TITE.

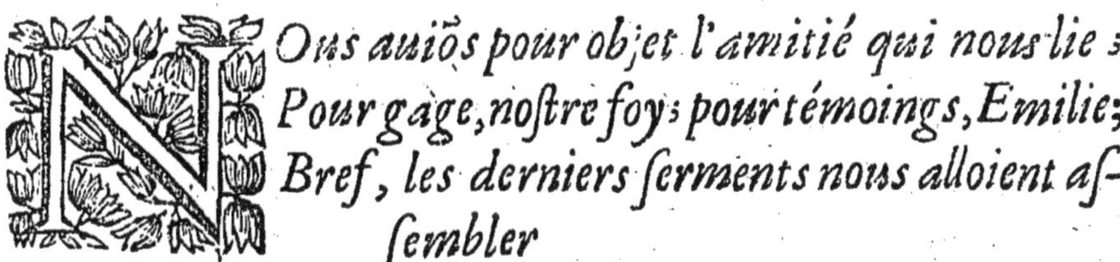

NOus auiõs pour objet l'amitié qui nous lie ;
Pour gage, noſtre foy ; pour témoings, Emilie ;
Bref, les derniers ſerments nous alloient aſſembler
Quand ce faſcheux vieillard nous eſt venu troubler.

DOMITIAN.

Mais n'a-t'il point voulu vous ſuiure, & vous cognoiſtre ?

TITE.

Il m'a ſuiuy ſans doute, & m'euſt cogneu peut-eſtre

Si ma fuite, son aage, & l'ombre de la nuict
N'eussent rendu sa course, & ses desirs sans fruit.
Voila, mon Frere, enfin l'estat où nous en sommes.

DOMITIAN.

Ie vous trouue pourtant le plus heureux des hommes:
Vous aymez, l'on vous ayme, & vos desirs d'accord
En deux cœurs differents ne font qu'vn mesme effort,
Le moindre de vos soings touche vostre Maistresse,
Vostre dessein luy plaist, vostre amour l'interesse,
Et tous deux enchaisnez dans les mesmes liens
Elle allume vos feux, & vous causez les siens.
Moy, ie suis poursuiuy d'vn destin bien plus rude,
Ie m'efforce à fléchir la mesme ingratitude,
Zaratte a dans l'esprit tant d'inégalité,
Et dans vn si haut poinct son orgueil est monté,
Que depuis quelques iours cette ame altiere & vaine
Me traite auec mépris, ne me souffre qu'à peine,
Et sans considerer ma foy ny mon ardeur,
Ma violente amour augmente sa froideur.

TITE.

Puis qu'alors qu'elle a creu que ie brûlois pour elle
Vous m'auez auoüé qu'elle estoit moins cruelle,

Et que n'ayant pour vous ny rigueur, ny mespris,
Son accueil mesme estoit ce qui vous auoit pris;
Sans doute qu'elle affecte à paroistre farouche,
Et que son cœur trahit sa cholere, & sa bouche.
Ne vous plaignez donc plus d'vn si charmant couroux,
Ie le trouue de sorte auantageux pour vous,
Que c'est vn vray tableau de la secrette flame,
Et du visible orgueil qui regne dans son ame.

DOMITIAN.

Si le succez respond à vostre sentiment,
Ie seray trop heureux.

TITE.

N'en doutez nullement,
Allez voir l'Empereur, & faites luy comprendre
Que Zaratte a des yeux dont ie veux me deffendre,
Et que quelque Romaine ayant sçeu m'engager,
I'aurois peine à subir cét Hymen estranger.
Ainsi chacun de nous aura ce qu'il desire,
Ce lien vnira les Parthes à l'Empire,
Aricidie & moy nous serons satisfaits,
Et la Princesse & vous affermirez la paix.

DOMITIAN.

Ie m'en vay de ce pas y faire mon poßible.

TITE.

Si Zaratte en effet deuient vn peu sensible,
L'Empereur est trop bon pour vous la desnier.

DOMITIAN.

L'esperant comme vous, ie m'en vay l'en prier.

SCENE II.

TERTVLLE, TITE.

TERTVLLE.

Dois-ie dißimuler? dois-ie vser de reproche?
Il vaut mieux l'éuiter. Mais il m'a veu; i'approche.

TITE.

Quoy Tertulle au Palais seul, & plain de chagrin?

TERTVLLE.

Seigneur, c'eſt vn effet de mon mauuais deſtin
Qui contraint aujourd'huy la fortune ennemie
De réueiller ſur moy ſa cholere endormie.

TITE.

Vous eſt-il arriué quelque nouueau malheur?

TERTVLLE.

Helas d'autant plus grand qu'il me touche à l'honneur.

TITE.

S'il vous touche à l'honneur il faut vous ſatisfaire.

TERTVLLE.

Ie viens pour ce ſujet en prier voſtre Pere,
Il a tant de bonté, que ie crois aiſément
Qu'il joindra ſa iuſtice à mon reſſentiment.

TITE.

Mais ſi ſans employer mon Pere & ſa Iuſtice
Moy-meſme ie pouuois vous rendre cét office,
Ie vous offre mes ſoings, mon credit, mon pouuoir,
Et ie ſerois rauy de vous les faire voir.

TERTVLLE.

TERTVLLE.

C'est me combler, Seigneur, d'vne inutile grace.

TITE.

Pourquoy?

TERTVLLE.

L'Empereur seul peut sçauoir ma disgrace.

TITE.

Je suis donc sans puissance, ou ie vous suis suspect?

TERTVLLE.

Nullement, ie me tay pour vn autre respect.

TITE.

Ie n'en deuine point qui vous force au silence.

TERTVLLE.

I'en ay toutefois vn.

TITE.

Quel?

TERTVLLE.

C'est vostre presence.

TITE.

Serois-ie l'ennemy de qui vous vous plaignez ?

TERTVLLE.

Non : mais dans l'amitié que vous luy témoignez
Ma plainte asseurément seroit fort mal receuë,
Et ma priere auroit vne mauuaise issuë.

TITE.

Ah, Tertulle, de grace accordez-moy ce poinct.

TERTVLLE.

Ie n'oserois, Seigneur, ne m'y contraignez point.

TITE.

Ie le souhaite enfin, & ie vous en conjure.

TERTVLLE.

Il faut donc vous nommer l'autheur de cette injure.
Mais ne pouuez-vous point encor le deuiner ?

TITE.

Non.

TERTVLLE.

C'est vous.

TITE.

Moy?

TERTVLLE.

Seigneur, c'est vous importuner:
Car le nœud du serment qui m'oblige à me taire,
Ne se peut dénoüer que deuant vostre Pere.
Ce doit estre à ses pieds que ma bouche & mon front
Vont porter le recit de mon sensible affront:
Là, si de mes ennuys quelque pitié vous touche,
Vous pouuez seconder & mon front & ma bouche,
Confirmer leur discours, ma honte, & ma douleur,
Prendre part & rougir de mon propre malheur.

TITE.

I'ay peine à me resoudre à cette complaisance
Puisque vous me payez de tant de deffiance:

Et deuant esclater contre vn de mes amys,
L'esloignement m'en semble à propos & permis.
Allez voir l'Empereur, demandez-luy iustice,
Si vous auez raison, il vous sera propice:
Mais ne soupçonnez pas qu'vn homme qui m'est cher
N'esueille sa faueur, ne la face pancher,
Et que me regardant en cét autre moy-mesme,
Il ne vous monstre enfin qu'il est Pere, & qu'il m'ayme.
Ie suis asseurément l'objet de son couroux.
Que feray-ie? Il s'en va. Tertulle, approchez-vous:
Puisque c'est mon amy que vostre bouche accuse,
Il vaut mieux que i'y sois, afin que ie l'excuse.

TERTVLLE.

Seigneur, quoy qu'on l'excuse & qu'on parle pour luy...

TITE.

N'en parlons plus, allons.

TERTVLLE.

I'obeys, & vous suy.

SCENE III

DOMITIAN, VESPASIAN.

DOMITIAN.

OVy Seigneur, la Princesse est enfin arriuée,
Et vostre volonté plainement obseruée,
Car nous auons logé dans le Palais prochain
Cette illustre Estrangere, & sa Cour, & son train.
Rome, en la receuant, a paru magnifique,
Par tout l'esclat, le lustre, & la pompe publique,
Et tous nos escadrons de Myrthe couronnez
Ont esbloüy les yeux des Parthes estonnez.
Ils sont rauis de voir qu'auec tant d'allegresse
La Maistresse du Monde accepte leur Maistresse,
Et que Rome abaissant sa farouche grandeur
Veuille joindre aujourd'huy sa fortune à la leur.

VESPASIAN.

Rome ne commet rien qui soit indigne d'elle,

Sa generosité fait voir quel est son zele,
I'obserue en ce deuoir sa forte affection,
Et nous eternisons elle & moy nostre nom.
Elle fait ses amys de ceux chez qui nos armes
Porterent autrefois nostre honte & nos larmes,
Qui deffirent Crassus auecques tant d'esclat
Qu'il y perdit sa teste & l'honneur du Senat,
Qu'Anthoine a si souuent assaillis à sa honte,
Qui prennent pour surprendre, vne fuite qui dompte,
Que leurs voisins craignoient, & que pour opprimer
Il falut à la fin l'vn contre l'autre armer.
Depuis l'ambition rendant les Arsacides
De fameux criminels, d'illustres Parricides,
Ayant tüé des Roys, estouffé des Parents,
Ayant regné par force, estant morts en Tyrans,
Bref ayant desolé l'Armenie, & leur terre,
Auec toute l'horreur qui s'attache à la guerre,
Le Ciel qui s'ennuya de voir tant de forfaits,
Fit regner Vologese, & leur donna la Paix.
Chacun a sçeu qu'alors pour calmer ses Prouinces
Ce iuste successeur de tant d'injustes Princes
Recercha ses voisins d'vne noble amitié,
Remit Parthe en esclat, l'agrandit de moitié,
Et se vit en pouuoir d'embrasser ma querelle

Contre ce grand party qui ſouſtenoit Vitelle.
Moy qui crois que touſiours la generoſité
Doit rendre auec vſure vn bien qu on a preſté,
Ne dois-ie pas ſouffrir que Rome & ma famille
Prenne ſon alliance, & ſe joigne à ſa fille ?
Et quel plus grand honneur nous peut-il arriuer
Que de voir qu'elle arriue, & nous vienne trouuer ?

DOMITIAN.

Cét honneur eſt bien grand, mais ſi i'oſe vous dire
Les ſentiments ſecrets des Premiers de l'Empire,
Sçachez que chacun d'eux ſe confeſſe eſtonné
De voir qu'vne Eſtrangere eſpouſe voſtre Aiſné:
Tite, que voſtre choix eſleue au Diadéme,
Authoriſe ce bruit s'en eſtonnant luy-meſme,
Et ſes plus confidents diſent à ce propos
Que cét Hymen le choque & trouble ſon repos.

VESPASIAN.

Qu'on en parle en ſecret, que Tite & ſon caprice
L'aprouue ou le cenſure, il faut qu'il s'accompliſſe.

DOMITIAN.

Mais comme l'accomplir s'il ne peut y ſonger ?

VESPASIAN.

Quoy ? Zaratte est d'vn sang qu'il faille negliger ?
Sçait-il de quels ayeux cette illustre Princesse
Tire son origine, & vante sa Noblesse ?

DOMITIAN.

Il le sçait.

VESPASIAN.

Pourquoy donc ne la voudroit-il pas,
Est-elle sans beauté ? manque-t'elle d'appas ?
Parlez, vous l'auez veuë.

DOMITIAN.

Ah Seigneur, ie proteste
Que son port & ses yeux n'ont rien que de celeste,
Que le Ciel employa ses plus rares efforts
Pour luy faire vn esprit außi beau le corps,
Que toute la Nature espuisa sa science
Lors qu'elle . . .

VESPASIAN.

Pourquoy donc en hayt-il l'alliance ?

DOMITIAN.

DOMITIAN.

C'est qu'vne autre beauté triomphe de son cœur,
Et le raport d'esprits, de passion, d'humeur,
A tellement vny mon Frere à sa Maistresse
Qu'il ne peut y songer pour prendre la Princesse.

VESPASIAN.

Et Tite malgré-moy la voudroit espouser?

DOMITIAN.

Son respect sçait assez comme il en doit vser,
Puisqu'il n'a dans l'esprit que l'objet de vous plaire,
Mais il est jeune, il ayme, & vous estes son Pere.

VESPASIAN.

La jeunesse & l'amour glissent dans leurs aduis
Des repentirs cuisants alors qu'ils sont suiuis,
Et puisqu'il est mon Fils, la nature l'oblige,
Le condamne, & le force au deuoir que j'exige.
Au reste, pour l'objet de son affection
Ie veux en ignorer & le rang & le nom,
De peur que mon courroux n'accablast la famille
De cette ambitieuse & trop superbe Fille.

DOMITIAN.

Mais....

VESPASIAN.

Mais quoy? le party qui l'attend aujourd'huy
Est peut-estre trop bas, & trop honteux pour luy?
Quoy, Zaratte est sans grace, & merite sa hayne?

DOMITIAN.

Au contraire, Seigneur, sans trop faire la vaine,
Et sans qu'aucune à Rome ose luy disputer
Le renom qu'elle seule a droit de meriter,
Elle peut justement se dire sans seconde,
Elle peut se nommer la merueille du monde,
Mesme elle peut ternir par son esclat nouueau
Tout ce que l'Italie a de rare & de beau:
Le cœur le plus rebelle & le plus inflexible
S'estonne en la voyant, tremble & deuient sensible,
Et quelque fort dessein qu'on face d'estre à soy,
Son aspect le fait perdre, & l'on reçoit sa loy.

VESPASIAN.

De sorte qu'aussi-tost que Tite l'aura veuë
Son ame à l'adorer se verra resoluë.

DOMITIAN.

S'il n'estoit desia pris, il s'y prendroit aussi.

VESPASIAN.

Vous en auez trop dit : Mon doute est esclarcy,
Et Tite secondant l'ardeur qui vous anime,
Pour vous estimer trop hazarde son estime.
Vous aymez la Princesse, & l'imprudent qu'il est
Préfere vostre amour à son propre interest,
Mais tâchez vous & luy d'euiter ma cholere,
Ne me desguisez rien si vous me voulez plaire,
Car ie ne puis penser qu'vn si foible dessein,
Ny qu'vn feu si honteux rampast dedans son sein.

DOMITIAN.

L'vn & l'autre, Seigneur, est pourtant veritable.
Mon Frere est engagé, mais seul ie suis coupable,
Puisqu'au lieu d'estouffer cette secrette ardeur
Qu'il m'a communiquée, & qui flatte son cœur,
I'ay trauaillé moy-mesme à la rendre plus forte,
Pour ceder à l'effort de celle qui m'emporte.
Ouy, Seigneur, la Princesse a charmé mes esprits,
Et bien que cét adueu vous ayt vn peu surpris,

Bien que ma paßion se soit émancipée
Et que vous tesmoigniez qu'elle vous a trompées;
Laissez agir pour moy vostre illustre bonté,
Ne mettez point d'obstacle à ma felicité,
Ainsi veuillent les Dieux prolonger vos années,
Les combler de bon-heur, les rendre fortunées,
Ainsi puisse long-temps Rome vous posseder,
Vous l'aymer pour sa gloire, & pour luy commander.

VESPASIAN.

Leuez-vous. Vous choquez par des discours friuoles.
Le respect que les Grands doiuent à leurs paroles,
Cét amour est contraire aux desseins que i'ay faits,
Il me déplaist enfin, ne m'en parlez iamais.

DOMITIAN.

Quoy donc mon Frere & moy par trop d'obeyssance....

VESPASIAN.

Quoy donc vous murmurez contre mon ordonnance?

DOMITIAN.

Mais si nous la suiuons nous sommes malheureux.

VESPASIAN.

Si vous ne la ſuiuez, ie vous perdray tous deux:
Allez, retirez-vous, & ſi vous eſtes ſage
Ne me tenez iamais vn ſemblable langage,
Que Tite de ſa part regarde à m'obeyr,
Autrement ſon orgueil le pourroit bien trahir. Domitian ſe retire.
Quoy! mes propres Enfants terniroient ma memoire,
Eſleueroient leur faute, abaiſſeroient ma gloire,
Et dedans Rome meſme, où ie puis ordonner,
Me donneroient des loix que ie leur dois donner?
Non, non, l'obeyſſance eſt icy neceſſaire,
Ie ſuis leur Souuerain, comme ie ſuis leur Pere,
Et ne voulant rien d'eux que ce qu'il faut vouloir,
La raiſon les attache au joug de leur deuoir.

SCENE IV.

VESPASIAN, TITE, TERTVLLE.

VESPASIAN.

EN quelle qualité vous vois-je icy paroiſtre?
Eſt-ce en celle de Fils ? eſt-ce en celle de traiſtre ?
Eſt-ce pour me complaire ? eſt-ce pour m'irriter ?
Eſt-ce pour m'obeyr ? ou pour me reſiſter ?
Si c'eſt pour m'obeyr, tant mieux pour l'vn & l'autre,
Ayant joint dés long-temps ma fortune à la voſtre,
Et n'ayant iamais fait de ſolides projets
Que pour vous partager mon Sceptre & mes ſujets.
Mais ſi c'eſt pour choquer par voſtre reſiſtance
Toutes mes volontez & ma toute-puiſſance,
Si c'eſt pour negliger l'Hymen que i'ay conclu,
Vous eſtes mon ſujet, & ie ſuis abſolu;
En ce cas j'oubliray que ie ſuis voſtre Pere,
Et vous traitant alors comme vn homme vulgaire,

Ie sçauray vous mener, pour punir vostre orgueil,
De la gloire, à la honte ; & du trône, au cercueil.

TITE.

Le remords nous condamne alors qu'il nous accuse :
Mais moy ....

VESPASIAN.

Je vous deffends la responce & l'excuse,
Et ne veux vous donner de temps ny de loisir,
Que ce qu'il vous en faut pour bien ou mal choisir,
Voyez lequel des deux flatte mieux vostre enuie,
Ou d'espouser Zaratte, ou de perdre la vie,
Ie vous le dis encor pour la derniere fois,
Allez vous disposer à l'vn ou l'autre choix : Tite se retire.
Retirez-vous.

TERTVLLE.

Seigneur....

VESPASIAN.

Il faut qu'il obeysse,
Autrement ma rigueur en fera la justice.

TERTVLLE.

Helas, ſi deuant vous j'euſſe pû luy parler.

VESPASIAN.

Vous auez tout ſujet de vous en conſoler,
Sa priere peut-eſtre euſt fait tort à la voſtre,
Et ſon zele inutile euſt refroidy le noſtre,
Vous pouuez vous paſſer de ſon foible credit,
Et me dire ſans peur ce que luy-meſme euſt dit.

TERTVLLE.

Bien loing qu'il fuſt inſtruit du ſujet qui m'améne,
Ce que ie veux vous dire euſt attiré ſa hayne:
Car, Seigneur, ſi ie puis ſans importunité
Raconter mes ennuys à voſtre Majeſté,
Elle apprendra bien-toſt que ie luy ſuis fidelle,
Et que ſes intereſts m'aménent deuant elle.

VESPASIAN.

Si l'affaire en effet ne preſſe au dernier poinct,
Remettons-la, Tertulle, & ne m'en parlez point.

TERTVLLE.

Pleuſt aux Dieux qu'elle fuſt de ſi peu d'importance

Qu'on la pûst ou remettre, ou passer sous silence,
Et qu'on n'eust pas meslé sous vn tel attentat
Auecques mon honneur, vous, Rome, & tout l'Estat.

VESPASIAN.

Que peut-ce estre bons Dieux?

TERTVLLE.

Seigneur, si ma vieillesse
Et si mes derniers ans se trouuent sans richesse;
Si ie vis sans l'esclat où viuoient mes Ayeux,
Dont Rome a veu grauer la gloire en tant de lieux...

VESPASIAN.

Ie suis assez instruit que depuis plusieurs Lustres
On conte vos Ayeux entre les gens illustres:
Ne venez-vous icy que pour m'entretenir
De leurs rares exploits, & de leur souuenir?

TERTVLLE.

Ayant passé le cours de mes ieunes années
Que la guerre autrefois rendit si fortunées,
Et m'estant fait cognoistre en mille occasions,
Braue, & digne allié du sang des Scipions...

VESPASIAN.

Et bien, ie ſçais encor que vous fuſtes braue homme,
Qu'a cela de commun auec ma gloire, & Rome ?

TERTVLLE.

Donc, Seigneur, le chagrin, la guerre, & le malheur
M'ayant oſté ma femme, & laiſſé la douleur,
M'ayant rauy les biens, & laiſſé la miſere,
Ie me ſuis rencontré malheureux, veuf, & Pere.
J'ay deux Filles, Seigneur, qui dans leur pauureté
Conſeruant cherement l'honneur, & la beauté...

VESPASIAN.

Ie vous entends enfin ; & s'il faut que i'explique
Ce ſecret important à la choſe publique,
N'ayant plus aucuns biens, vous me venez prier
D'ayder à vos Enfants & de les marier.
Cette affaire en effet eſt de haute importance.

TERTVLLE.

Seigneur, daignez m'entendre auecques patience.
Le Prince ayme l'aiſnée auecques tant d'ardeur
Qu'il luy fait eſperer le trône & la grandeur,

Et ma Fille approuuant cette jeune ſaillie,
Eſt montée à tel poinct d'orgueil & de folie,
Qu'elle a creu que le Prince iroit aueuglément
Où l'amour quelquefois pouſſe vn vulgaire amant:
Quoy que pour cette faute il ayt l'ame trop ſaine,
Cela peut arriuer, & c'eſt ce qui m'améne.

VESPASIAN.

Ie ſuis faché pour vous que voſtre Fille ayt eu
Vn ſentiment contraire aux loix de la vertu,
Et que Tite ſuiuant ſa couſtume & ſon aage,
L'ayt portée au deſordre où l'amour nous engage:
Mais les faueurs qu'on donne aux Princes comme luy,
Sont exemptes de honte & de blâme aujourd'huy,
Tout ce qu'on leur permet n'oſte rien à l'eſtime,
Et la condition en efface le crime.
Si l'on peut d'vn exemple adoucir voſtre deüil,
Auecques plus de pompe, auecques plus d'orgueil,
Auecques plus d'eſclat de rang, & de famille,
Berenice autrefois preceda voſtre Fille:
Tite en eſtoit charmé, Rome meſme approuuoit
Le deſſein de l'Hymen que l'vn & l'autre auoit,
Mais des raiſons d'Eſtat eſloignant cette Reyne
Du ſuperbe ſommet de la grandeur Romaine,

Elle quitta la ville auec autant d'honneur
Que si Tite iamais n'eust possedé son cœur.

TERTVLLE.

I'ose dire pourtant que dans cette occurrence
Berenice, & ma Fille ont peu de ressemblance.
L'vne emporta le Prince & son affection
Par les derniers plaisirs de la possession:
L'autre, en luy refusant ce qu'on ne doit permettre,
S'est renduë à la fin Maistresse de son Maistre.
Aussi quand il falut que l'vne s'éloignât,
Vostre Fils obeyt aux maximes d'Estat:
Mais alors qu'il s'agit de quitter Emilie,
Ce qu'il vous doit succombe au serment qui les lie.

VESPASIAN.

Tertulle! quel serment? & que me dites vous?
La veut-il posseder en qualité d'espoux?
Ose-telle y songer? que pretendent-ils faire?

TERTVLLE.

S'espouser malgré nous, me perdre, & vous déplaire.
Mais pour vous mieux apprendre vn si hardy dessein,
Voicy ce que le Prince a signé de sa main.

Vous voyez que la chose est presque resoluë,
Et qu'il faut l'empescher de puissance absoluë.

VESPASIAN.

Il le faut en effet. O Dieux qu'aprends-ie icy?
Ouy mon Fils est coupable, & vostre Fille aussi:
Et s'il faut expier leur audace & leur crime,
Ma Iustice en doit faire vne double victime.

TERTVLLE.

Seigneur, n'espargnez point ma Fille, ny mon sang,
Mais conseruez le Prince en son illustre rang.

VESPASIAN.

Ah genereux Tertulle! ah cœur vrayment fidelle!
Ie veux recompenser l'ardeur d'vn si beau Zele,
Et combattre auec vous de generosité,
Mais sortir du combat sans estre surmonté.
Ie deurois chastier mon Fils & son audace,
Pour vostre seul respect ma bonté luy fait grace;
Mais j'entends qu'Emilie ayt sa part au pardon,
Et que pour estouffer leur forte passion,
Ie la face sur l'heure espouser à Lucile,
Qui brigue ma faueur pour regir la Sicile,

Il n'en ſera Prefect qu'à ce prix ſeulement,
Et le dot d'Emilie eſt vn Gouuernement.

TERTVLLE.

Que de maux & de biens dans la meſme journée !

VESPASIAN.

Allez la diſpoſer à ce prompt Hymenée,
I'y vay porter Lucile, & pour vous deſormais
Ie veux que vos Conſeils ne me quittent iamais.

Fin du ſecond Acte.

ACTE III.

SCENE PREMIERE.

VESPASIAN, DOMITIAN.

VESPASIAN.

PVisque Tite a choisi l'Hymenée & la vie,
Puisque vous comme luy contentez mon enuie,
Et que vous resoluez afin de m'appaiser,
Vous de quitter Zaratte, & luy de l'espouser:
Ie perds le souuenir de vos fautes passées,
Ie reprends mes bontez que vous auiez chassées,
Et ne veux pas qu'vn iour si glorieux pour nous,
Commence, dure, passe, & finisse en courroux.

DOMITIAN.

Ce couroux estoit iuste, & nostre faute extréme.
Tite en pouuoit du moins perdre le Diadéme,
Et l'on deuoit agir auec seuerité
Sur l'autheur du conseil qu'il auoit escouté.
Mais, Seigneur, vos bontez plus grandes que nos crimes
Ont soustraït au trespas deux coupables victimes,
Pour les rendre auec ioye, en ce bien-heureux iour,
L'vne à vos volontez, & l'autre à son amour.
Ouy, Seigneur, ie verray sans jalousie aucune
Mon Frere satisfait des dons de la Fortune,
Et glorieux sans doute, estant le possesseur
De l'adorable objet qui possedoit mon cœur.

VESPASIAN.

Vous la loüez tousiours auec tant d'auantage,
Que toute mon enuie est de voir son visage;
Car toute l'Italie, au rapport qu'on en fait,
N'a rien veu de plus rare, ou rien de plus parfait.

DOMITIAN.

Au contraire, Seigneur, il faut que ie vous die
Qu'à Rome la Nature a paru si hardie,

Que

Que violant enfin la loy de l'Vniuers
Qui l'oblige à former les visages diuers,
Elle a fait ressembler auec tant de iustesse
La Fille de Tertulle auecques la Princesse,
Qu'on ne peut discerner, veu l'extréme rapport,
Des deux, quelle est Zaratte, en les voyant d'abord,

VESPASIAN.

Tertulle est-il instruit de cette ressemblance?

DOMITIAN.

Ie croy que non.

VESPASIAN.

Tant mieux; tantost sa contenance
Et son estonnement nous plairont dautant plus
Que la cause & l'effet nous en seront cognus.
Au reste, allez vous mesme aduertir cette Belle
Que ie m'en vay bien-tost la visiter chez elle:
Ie brusle du desir aussi bien de la voir,
Et la ciuilité m'oblige à ce deuoir.

SCENE II.

VESPASIAN, LVCILE.

VESPASIAN.

LVcile, approchez-vous, & confessez vous-mesme
Que souuent l'équité s'attache au Diadesme
Lors que les Souuerains préuiennent les projets,
La priere & les soings de leurs meilleurs Sujets.
Vous souhaitiez de moy seulement la Sicile,
Mais ie deuiens prodigue au lieu d'estre facile,
Puisqu'en vous l'accordant, ie vous accorde encor
Et vous fay possesseur d'vn plus riche tresor.
Je vous destine enfin & vous donne Emilie,
Vous sçauez quelle estime elle a dans l'Italie,
Qu'elle sort d'vn sang noble, ancien, glorieux,
Que Rome a dû souuent son Lustre à ses Ayeux,
Et que Tertulle mesme a jadis eu la gloire
De se voir l'instrument de plus d'vne victoire.
La Fortune depuis l'auoit abandonné,

Mais ie veux agrandir ce qu'elle auoit borné,
Et combler desormais sa Race & sa vieillesse
De dignitez, de biens, d'honneur, & de richesse.

LVCILE.

Vn Sujet qu'on oblige est tousiours satisfait,
Et n'examine point la grace qu'on luy fait,
Alors que cette grace est vne recompense
Dont il n'eust pas osé flatter son esperance.
Mais quand son Souuerain l'accable de plaisirs,
Quand de mille faueurs il préuient ses desirs,
Quand par vne vertu qui iamais ne se lasse
Il le comble de biens, & met grace sur grace,
Il fait lors vanité de sa confusion,
Et son silence est iuste en cette occasion.
Ouy, Seigneur, la Sicile estoit ma seule enuie,
Mon Pere en la gardant y sçeut perdre la vie,
Et i'aurois estimé qu'vn comble à mon bonheur
Eust esté de me voir comblé du mesme honneur;
Toutefois à ces biens vous en adjoustez d'autres...

VESPASIAN.

Vous employrez vos soings à seconder les nostres.

Cependant preparez vn nouueau compliment
Pour offrir vostre amour à cét objet charmant.

SCENE III.

TERTVLLE, VESPASIAN, EMILIE, LVCILE.

TERTVLLE.

MA fille vous apporte auec l'obeyssance
Vn adueu libre & franc de sa recognoissance.

VESPASIAN.

Doncques vous consentez à prendre cét espoux ?

EMILIE.

Puisqu'on me le commande, & puisqu'il vient de vous,
Eussay-je plus d'orgueil, & luy moins de merite,
Eussay-ie tous les biens dont le desir s'irrite,
Et fust-il né d'vn sang moins illustre qu'il n'est,
I'obeys à mon Pere, & subis vostre Arrest.

TERTVLLE.

Ie pensé toutefois qu'il seroit difficile
Qu'elle en acceptast vn qui fust moins que Lucile.

VESPASIAN.

Emilie, il est vray que si c'est vn defaut
Que de porter son cœur & ses desseins trop haut,
Et de s'abandonner à des projets sublimes,
On peut vous reprocher de si genereux crimes.

EMILIE.

Mais, Seigneur, ce defaut qu'on peut me reprocher,
Releue auec esclat tous ceux qu'il fait broncher,
Leur faute est approuuée alors qu'elle est cognuë,
Et que d'vn grand dessein on la voit soustenuë.
I'auois de la naissance & n'auois point de bien,
Et me voyant reduite entre ce tout & rien,
I'ay creu qu'ayant l'honneur & la vertu pour guides
Ie pouuois affermir mes sentiments timides,
Seconder mon espoir d'vne masle vigueur,
Et former des projets aussi grands que mon cœur.
Ie ne hazardois rien auecque ces pensées;
Ma gloire & ma maison n'en estant point blessées,

Tout sembloit s'ajuster à ma pretention,
Et rien n'estoit si haut que mon ambition.
En fin, s'il faut conclure en faueur de Lucile,
Ses vertus, sa valeur, sa Race, la Sicile,
Vous, mon Pere, le sort, la Nature, & vos loix
Me forçent aujourd'huy d'en accepter le choix.

LVCILE.

Madame, cét adueu ne sert qu'à me confondre,
Et rauy de l'ouyr, ie n'y puis que respondre.

VESPASIAN.

Non, n'y respondez point qu'auecques l'amitié
Dont il faut honorer vne telle moitié:
Respectez son merite, admirez son courage,
Et puisque c'est moy seul qui veux ce mariage,
Puisque Tertulle ayant ma faueur desormais,
Va se voir accablé d'honneurs & de bien-faits,
Redoublez vostre estime à l'endroit d'Emilie,
Et ne rompez iamais le serment qui vous lie.

LVCILE.

Je ne meritois point vn si rare present.

VESPASIAN.

Allez, ie vous le donne, & Tertulle y consent,
Conduisez-la chez vous, & veuille l'Hymenée
Rendre cette action en sorte terminée,
Qu'à Rome on puisse vn iour salüer vos Enfans,
Tousiours victorieux, & souuent triomphans.

LVCILE.

Que souuent & tousiours le Ciel vous soit prospere.

SCENE IV.

VESPASIAN, TERTVLLE.

VESPASIAN.

VOus, demeurez icy, vous m'estes necessaire.
Nos desseins à la fin ont vn meilleur succez,
Nos vœux enuers les Dieux ont trouué de l'accez,
Le Démon qui nous garde a dißipé nos craintes,
Tertulle, appaisons-nous, & retenons nos plaintes:

Nos Enfants n'ont failly que pour nous faire voir
Dans leur peu de conduite vn excez de deuoir,
Et les Dieux l'ont permis pour mettre en éuidence
Ce que l'Empire doit à vostre préuoyance.
Ie respondray, Tertulle, à leur intention:
Et deussay-ie assouuir la mesme ambition,
Deussay-ie vous porter au sommet de la pompe,
Fussiez-vous esblouy de son esclat qui trompe,
Et fussiez-vous poussé de ce vent furieux
Qui trouble & fait enfler les cœurs ambitieux,
Je recompenseray par tant de bons offices
Vos rares qualitez, & vos derniers seruices,
Que la Fortune mesme, & les Dieux en couroux
Auroient peine d'abatre vn homme tel que vous.

TERTVLLE.

Ah Seigneur, espargnez tant de faueurs insignes:
Des hommes tels que moy s'en confessent indignes,
Et mes plus grands desirs desia trop satisfaits
M'obligent à rougir de vos rares bienfaits.

VESPASIAN.

Ce que i'ay fait est peu, mais ce que ie veux faire
Sera de vos vertus le lustre & le salaire,

Et

Et prodigant pour vous ce qui m'est de plus cher,
Vos seruices n'auront rien à me reprocher.
Vostre aisnée a desia sa fortune acheuée,
Mais sa Sœur, à mes soings desormais reseruée,
Trouuera par mon ordre vn si puissant Espoux,
Qu'il surprendra sans doute Emilie, elle, & vous.

SCENE V.

DOMITIAN, VESPASIAN, TERTVLLE, TITE, ARICIDIE.

DOMITIAN.

LA Princesse a voulu préuenir la visite
Que vos ciuilitez deuoient à son merite,
Et malgré la priere, & de Tite, & de moy,
Elle n'a point voulu vous attendre chez soy.
La voicy.

VESPASIAN.

Receuons cette illustre assemblée.

TERTVLLE.

Seigneur...

DOMITIAN.

Rendez le calme à vostre ame troublée,
Et sçachez que pour cause importante à l'Estat
Aricidie arriue en ce superbe esclat.

TERTVLLE.

Mais...

DOMITIAN.

N'interrompez rien de ce qu'elle va dire,
Car sa vie en dépend, & le bien de l'Empire.

TERTVLLE.

Et plus ie vous escoute, & plus vous m'estonnez,
Ie me tairay pourtant puisque vous l'ordonnez.

VESPASIAN.

Rare objet que i'honore, & que Rome desire,
Diuin present des Cieux, soustien de mon Empire,
I'auois peine à songer que de si forts liens

Peussent joindre vos Dieux, & vos destins aux miens,
Et qu'vn don mutuel pûst iamais satisfaire
A tout ce que ie dois à vostre illustre Pere,
Il vous donne à mon Fils; & moy, mon Fils à vous;
Daignerez-vous, Madame, en faire vostre Espoux,
Et prononcer icy, si son amour vous touche,
L'Arrest de son bonheur par vostre belle bouche?

ARICIDIE.

Ie suis dans Rome, & fille, & vous & mon deuoir
Me prescriuez assez ce que ie dois vouloir.
Ie gouste auec plaisir l'honneur qu'on me procure,
Ie cede auec respect aux loix de la Nature,
Et les Dieux, & mon Pere, & vostre Majesté
Ayant depuis long-temps cét Hymen arresté,
Il me sierroit fort mal de n'estre pas contente,
Ou d'accepter sans ioye vn bien qu'on me presente:
Ouy, Seigneur, ie consens que le Prince ayt ma foy,
Et ie me donne à luy comme il se donne à moy.

VESPASIAN.

Mon Fils, pour adjouster quelque chose à sa gloire,
Et pour en conseruer le lustre & la memoire,
Quoy que tant de vertu jointe à tant de beauté,

Mette cét Hymenée en toute ſeureté;
Je veux que renonçant aux vieilles loix de Rome
Qui permettent le change & le diuorce à l'homme,
Vous nous iuriez icy par vn ſerment nouueau
De reſter ſon Eſpoux iuſques dans le tombeau.

TITE.

Puiſque vous le voulez, & que ie puis ſans feinte
Noüer mes vrays ſerments d'vne plus forte eſtreinte;
Deuſt-on nommer ma flame vn injuſte attentat,
Deuſt-elle ruiner la Patrie & l'Eſtat,
Deuſt-elle par malheur attirer voſtre hayne,
Deuſt-elle nuire enfin à la grandeur Romaine,
Et faluſt-il m'abattre afin d'en triompher,
Rien que la ſeule mort ne pourra l'eſtouffer.

TERTVLLE.

Que de joye! ah Seigneur permettez qu'elle eſclate!

DOMITIAN.

Il n'eſt pas ençor temps.

VESPASIAN.

Puiſque Tite & Zaratte

Se joignant l'vn à l'autre affermissent la Paix,
Faites, Dieux immortels, qu'elle dure à iamais,
Que le Peuple Romain, & le Parthe indomptable
Se gardent vne foy qui soit inuiolable,
Et changent desormais, pour mieux s'entretenir,
L'ardeur de se combattre, en celle de s'vnir.

TERTVLLE.

Seigneur, ie doy parler; sçachez qu'on vous abuse,
Mais on se sert icy d'vne inutile ruse,
Car si vos interests & ma fidelité
Souffrent que ie m'explique auecques liberté;
Celle qu'on fait passer à vos yeux pour Zaratte
Est ma fille, & de plus est vne fille ingratte,
Vne orgueilleuse...

ARICIDIE.

O Dieux!

VESPASIAN.

Excusez ce transport,
Vne fille qu'il a, vous ressemble si fort,
Qu'il vous a pris pour elle, & c'est ce qui le trompe.

TERTVLLE.

Non non, Seigneur, souffrez que ie vous interrompe,
Et qu'auec le respect que ie dois vous porter
Ie vous oste à present tout sujet d'en douter.

VESPASIAN.

Qu'elle la soit ou non, mon ame est satisfaite
Puisqu'elle a voulu Tite, & que la chose est faite.

ARICIDIE.

Vous rendez à propos le calme à mes esprits.
Ce discours impréueu nous auoit tous surpris,
Et ie ne m'estois pas assez bien preparée
A gouster vn honneur de si peu de durée.

TERTVLLE.

Qu'il dure, qu'il finisse, & passe en vn moment,
Ie ne puis y songer qu'auec estonnement;
Et ne sçaurois comprendre en ce confus mystere,
Comme auec tant de soing on se cache d'vn Pere,
Ny comme l'on attente à son authorité.

VESPASIAN.

Vn Pere a quelquefois trop de seuerité.

ARICIDIE.

I'ay tousiours craint le mien, mais s'il faut que ie die
Ce qui m'engageroit à deuenir hardie,
Et ce que mon enuie auroit pour seul objet,
C'est l'espoir du succez de quelque grand projet.
Le secret en ce cas me semble legitime,
Leur taire, & s'en cacher n'est pas vn si grand crime,
Et quoy que nostre sexe ayme assez à parler,
En ces occasions il leur faut tout celer.

TERTVLLE.

Dites, dites plustost qu'en cette conjoncture
L'ambition destruit les loix de la Nature,
Et qu'ayant oublié ce que vous me deuez,
Vostre respect finit quand vous vous esleuez.

ARICIDIE.

On doit tousiours respect à qui l'on doit la vie:
Et puisqu'il est besoing que ie me iustifie,
L'ambition n'est point ce qui m'améne icy,
Par elle mon dessein auroit mal reüßi;
Et Tite m'est témoing qu'il m'a presque forcée
D'abandonner pour luy ma fortune passée.

TITE.

Si vous continuez on va tout découurir.

ARICIDIE.

Il m'impute vn defaut que ie ne puis souffrir,
Et dedans quelque esclat que vostre choix m'ayt mise,
Seigneur, ie vous le rends, rendez-moy ma franchise,
Rendez-moy ma parole, ou rendez-luy raison
Pourquoy vostre serment vous lie à ma maison.

VESPASIAN.

Madame, chacun sçait qu'aujourd'huy l'on vous nomme
Le bonheur general de l'Asie & de Rome,
Et que vostre Hymenée est vn ferme lien
Qui doit ioindre à iamais nostre interest au sien.
Au reste pardonnez à l'erreur de Tertulle,
Plus il vous considere, & moins il est credule,
Mais quand il aura veu combien il s'est trompé,
Et par ses propres yeux son soupçon dißipé,
Ie vous le meneray plain de honte & de Zele
Vous faire offre chez vous des soings d'vn cœur fidelle.
N'y consentez-vous pas ?

ARICIDIE.

ARICIDIE.

Ouy, Seigneur, i'y consents.
Des hommes tels que luy sont de rares presents,
Et pour vous obeyr, & pour le satisfaire,
Je le respecteray comme on respecte vn Pere.

VESPASIAN.

Allez au Capitole, en presence des Dieux
Contenter les souhaits d'vn Peuple curieux,
Qui voyant la Princesse & la ceremonie
Se sentira comblé d'vne joye infinie.

SCENE VI.

VESPASIAN, TERTVLLE, DOMITIAN.

VESPASIAN.

OV va Tertulle?

TERTVLLE.

Au Temple.

VESPASIAN.

Auec quel ſentiment?

TERTVLLE.

D'auoir de la cholere & de l'eſtonnement,
Mais pour voſtre reſpect, de cacher l'vn & l'autre.

VESPASIAN.

Pourquoy?

TERTVLLE.

L'on va meſler ma famille à la voſtre,
Et ma Fille y conſent, ſans m'en auoir parlé:
Vn Pere ce me ſemble y deuſt eſtre appellé.
De plus, ie ſuis ſurpris que pour Aricidie
Rome veuille aujourd'huy faire vne perfidie,
Rompre auec Vologeſe, & violer la foy
Qui fait venir icy la Fille d'vn tel Roy.

VESPASIAN.

Mon Fils l'eſpouſera, n'en ſoyez point en peine.

TERTVLLE.

Quand?

VESPASIAN.

Aujourd'huy.

TERTVLLE.

Seigneur, & celle qu'il ameine?

VESPASIAN.

Elle n'aura iamais que Tite pour Espoux:
Mais pour m'entendre mieux allez vous-en chez vous.

TERTVLLE.

Quoy?..

VESPASIAN.

Vous en aurez dis-ie vne preuue assez ample
Si vous allez chez vous au lieu d'aller au Temple,
Là vous recognoistrez qu'on peut se ressembler.

SCENE VII.

DOMITIAN, TERTVLLE.

DOMITIAN.

Tertulle, qu'au retour ie puisse vous parler.

TERTVLLE.

Seigneur, n'est-ce point vous à qui ie me dois prendre
De tout cét embarras que ie ne puis comprendre?

DOMITIAN.

Ie suis embarrassé plus que vous à mon tour,
Mais pour vous en parler j'attends vostre retour.

Fin du troisiesme Acte.

ACTE IV.

SCENE PREMIERE.

DOMITIAN, TREBACE.

DOMITIAN.

AInsi donc la Princesse ignoroit l'Hymenée?

TREBACE.

La chose par vostre ordre estoit trop bien menée:
Et de ses gens sortis de son apartement,
Personne n'y rentrant sans mon commandement;
Tout estoit acheué, deuant que la nouuelle
Eust esmeu le soupçon de ses femmes ou d'elle.

DOMITIAN.

Mais en luy racontant, que vous a-t'elle dit?

TREBACE.

I'en ſuis encor, Seigneur, maintenant interdit.
L'Altiere à mon diſcours a changé de viſage;
Et ſes yeux s'allumant de cholere & de rage,
Me lançant des regards dont i'eſtois eſtonné,
Sa bouche & ſon orgueil par ces mots ont tonné.
Quoy Rome, cette ingratte aux ſoings de Vologeſe,
Ce monſtre, cette louue... Il faut que ie me taiſe;
Seigneur, diſpenſez moy d'vn recit ennuyeux
D'injures contre Rome, & contre vos Ayeux;
Et ne permettez pas qu'vn Romain ſoit l'organe
Des imprecations d'vne bouche profane,
D'vn cœur enuenimé, qui s'emportant touſiours,
De mon humble priere interrompoit le cours.

DOMITIAN.

Ah Trebace, à ce conte elle eſt fort en cholere.

TREBACE.

Non pas tant contre vous, que contre voſtre Frere,
Que contre Aricidie, & contre l'Empereur:
Mais ces trois ſont l'objet de toute ſa fureur.

DOMITIAN.

Tout de bon?

TREBACE.

Ouy, Seigneur.

DOMITIAN.

Auec cette asseurance
Ie conserue, Trebace, vn rayon d'esperance.
Mais comme vn coup surprend quand il est impréueu,
Ie voudrois sur ce poinct que Tite vous eust veu,
Et que pour aduiser à ce qu'il nous faut faire
Nous peußions nous parler quand i'auray veu mon Pere.

TREBACE.

Ie m'en vay le trouuer & l'en entretenir.

DOMITIAN.

Donnez-vous-en la peine, & le faites venir.

SCENE II.

TERTVLLE, DOMITIAN.

TERTVLLE.

Mon soupçon estoit vray, Seigneur, & ma pensée
Auoit bien penetré dans la chose passée,
Vous estes l'vn de ceux dont ie suis outragé,
Mais l'vn de ceux aussi dont ie seray vangé:
Zaratte à l'Empereur vient demander iustice
De l'affront qu'on luy fait, & de vostre artifice,
Et moy, qui suis poussé d'vn semblable couroux,
Ie viens aussi me plaindre & de Tite & de vous.

DOMITIAN.

Zaratte a contre nous quelque raison de plainte,
Et i'en attends la veuë auec vn peu de crainte:
Mais pour vous, plus i'y songe, & moins ie recognoy
Pourquoy vous vous plaignez de mon Frere & de moy.

TERTVLLE

TERTVLLE.

De ce dont luy, ma Fille, & vous, estes complices.

DOMITIAN.

Vous nous preparez donc de fort mauuais offices:
Mais considerez-vous leur rang, & mon pouuoir?

TERTVLLE.

Ouy plus que mon repos, mais moins que mon deuoir.

DOMITIAN.

Tertulle, moins d'aigreur pour vn coup sans remede.

TERTVLLE.

Où l'honneur est blessé, tout autre respect cede.

DOMITIAN.

Mais vous le hazardez auec vn tel transport.

TERTVLLE.

L'Empereur va juger qui de nous deux a tort.

SCENE III

VESPASIAN, TERTVLLE, DOMITIAN.

VESPASIAN.

ET bien Tertulle, enfin que venez-vous d'aprendre ?
Estes-vous satisfait de vostre nouueau Gendre ?
Auez-vous rencontré vostre Fille chez vous ?

TERTVLLE.

Non, Seigneur, puisqu'elle est auecques son Espoux.

VESPASIAN.

Quand croyez-vous encor qu'il l'emméne en Sicile ?

TERTVLLE.

Ie n'auois pas dessein de parler de Lucile :
Quand il voudra, Seigneur, Emilie est à luy.

VESPASIAN.

Vous respondeZ, ce semble, auec beaucoup d'ennuy :
Son depart qu'on aduance en seroit-il la cause ?
Et trouuez-vous mauuais que Lucile en dispose ?
Il en est legitime & iuste possesseur.

TERTVLLE.

Autant que malgré moy Tite l'est de sa Sœur.

VESPASIAN.

Quoy ! l'erreur dont tantost vostre ame estoit trompée
Vous embarrasse encor & n'est point dissipée?

SCENE IV.

SOLDAT, VESPASIAN, TERTVLLE, DOMITIAN.

SOLDAT.

Zaratte vient d'entrer qui demande à vous voir.

VESPASIAN.

Elle reuient du Temple, allez la receuoir.
Tertulle, à cette fois gardez mieux le silence.

TERTVLLE.

Ie le veux bien, Seigneur, c'est elle qui s'aduance.

SCENE V.

ZARATTE, VESPASIAN, DOMITIAN, TERTVLLE, ZELANE, SOLDAT.

ZARATTE.

A Qui dois-je adresser ma plainte & mon couroux ?
Est-ce aux Dieux qu'on neglige ? Empereur, est-ce à vous
Qui sans considerer de quels Roys ie suis née,
Sans me garder la foy que vous m'auez donnée,
Diffamez vostre estime, & couurez vostre front
De tous les traits honteux de mon sensible affront ?
Est-ce à vous dont la gloire en tant de lieux semée
Par les fausses vertus de vostre Renommée
Ne va qu'à deceuoir nostre credulité
Et triompher de nous par vne lascheté ?
Mais la punition suiura de prés l'offence,
Les Parthes & mon Pere en prendront la vengeance,

Et dans nos intereſts vos propres Dieux meſlez,
Permettront le rauage à vos champs deſolez,
S'armeront contre vous, feront de Rome entiere
Vn Theatre d'horreur, vn vaſte Cimetiere,
Et pour rendre iuſtice à celles de mon rang,
Feront couler par tout des larmes & du ſang.
Ce diſcours vous ſurprend ; ie parois trop hardie
De faire ce reproche à voſtre perfidie ;
Et ne déguiſant pas vos noires trahiſons,
Mon adueu libre & franc va m'ouurir des priſons,
Peut-eſtre que ma perte eſt deſia reſoluë,
Peut-eſtre que les Dieux & vous l'auez concluë,
Les Dieux pour vous punir apres voſtre attentat,
Et vous pour les forcer à punir voſtre Eſtat :
Mais n'importe ; Ie fay ce que l'honneur m'ordonne,
J'enuiſage la mort ſans que ie m'en eſtonne,
Et puiſque ma naiſſance, égale à mes malheurs,
M'empeſche de ceder à de laches douleurs,
Ie mourray ſans ternir le luſtre de ma race,
Et mon dernier ſouſpir ſera quelque menace.

VESPASIAN.

Auant que de reſpondre à ce diſcours preſſant,
Les Dieux me ſont témoings que ie ſuis innocent,

Et ie iure par eux que l'autheur de ce crime
A mes ressentiments seruira de victime.
Mais il faut penetrer dans cette obscurité
Et s'éclaircir enfin de cette verité.

DOMITIAN.

Seigneur, il ne faut point se cacher dauantage
Du dessein de mon Frere & de son mariage.
Sa resolution doit éclater au iour,
Mais elle doit aussi s'excuser sur l'amour.
C'est ce Tyran des cœurs qui l'a fait condescendre
Au succez hazardeux que vous allez entendre.
S'estant depuis long-temps resolu malgré nous
D'aymer Aricidie, & d'estre son espoux;
Et voyant que j'osois adorer la Princesse...

VESPASIAN.

C'est assez. Ie comprends quelle est ta hardiesse,
Tite, indigne du rang qui t'a fait signaler,
Mais digne des malheurs qui te vont accabler.
Je t'auois ordonné la mort ou l'Hymenée,
Ie sçauray bien garder ma parole donnée,
Ie la tiendray, perfide, & pour sauuer ma foy
On me verra punir ta complice auec toy.

Madame, par leur mort serez-vous satisfaite?

ZARATTE.

Non non, leur mort n'est point ce que mon cœur souhaite:
Ils n'auroient pas le temps ny de se repentir,
Ny de craindre les maux qu'ils doiuent ressentir:
Il faut porter plus loing la peine de leur crime,
Ce qu'ils ont de plus cher doit estre ma victime,
Et le peu de respect qu'ils ont monstré pour vous
Doit contre eux pour moy seule armer vostre courroux.

VESPASIAN.

Mon cœur ne peut souffrir que mon bras se retienne;
Madame, reparons vostre injure & la mienne,
Esteignons dans leur sang l'ardeur de leurs desirs,
Vangeons par leur trespas nos communs déplaisirs,
Et meslons nos malheurs dedans leurs infortunes.

ZARATTE.

Ce remede est commun pour des fautes communes;
Mais la leur estant grande & sans comparaison,
Il faut auec esclat en tirer la raison.
Pour satisfaire donc ma vengeance & ma hayne,
Ie veux. Mais quoy, ie veux? ie parle en Souueraine,

Et

Et comme ſi dans Rome on reſpectoit ma voix,
Il ſemble que ie veüille y preſcrire des loix.
Non non, ma paßion, vous vous eſtes deceuë,
Nos malheurs n'auront pas vne ſi noble iſſuë,
Mon Pere ny mon Roy ne regne point icy,
Celuy qui nous eſcoute eſt peut-eſtre adoucy,
Et ſans qu'il nous contente, ou qu'il nous conſidere,
L'intereſt de ſon Fils va fléchir ſa colere,
L'amitié qu'il luy porte eſteindra noſtre eſpoir,
Il ne verra nos pleurs que pour s'en préualoir,
Et pour vanger ſur nous l'injuſte jalouſie
Dont Rome a pourſuiuy mes ayeuls & l'Aſie.

VESPASIAN.

Rome n'a rien d'injuſte : & quand l'ordre des Dieux
L'arma contre l'Aſie, & contre vos ayeux,
Elle ne commit rien qui ſoüillaſt ſon eſtime,
Et n'eut pour ennemys que l'orgueil & le crime.
Elle eſt ce qu'elle eſtoit, & pour le teſmoigner,
Elle & moy n'auons rien qu'on vous doiue eſpargner,
Vous eſtes offencée, & ce qui plus me pique,
Vous l'eſtes, & chez nous, & ſur la foy publique,
C'eſt à nous d'expier l'outrage qu'on vous fait,
Et de rendre en tout poinct voſtre eſprit ſatisfait.

Madame, il le sera, car ie vous abandonne
De mon coupable Fils la vie & la personne,
Et mesme ie soûmets à vostre volonté
Et sa punition & nostre authorité.

ZARATTE.

Ah! ne me donnez point vne esperance vaine.

VESPASIAN.

Non, ie vous le promets par la grandeur Romaine,
Par les Dieux que ie crains, & qui sont obligez
De vanger les serments rompus ou negligez,
Qu'ils m'exterminent tous si ie deuiens parjure.

ZARATTE.

Quoy! moy-mesme ie puis reparer mon injure?
Et l'ingrat qui sans cause a voulu me trahir
Doit receuoir mes loix, me craindre, & m'obeyr?

VESPASIAN.

Oüy sa Maistresse & luy sont en vostre puissance,
Vous en disposerez auec toute licence,
Et pour vous satisfaire, & pour me contenter
Nous allons maintenant vous les faire arrester.

SCENE VI.

ZARATTE, DOMITIAN, ZELANE, TRIBVN.

DOMITIAN.

MAdame, si les Dieux dont vous estes l'Image,
Reçoiuent les souspirs du cœur qui les outrage;
Si tous prests d'esclater sur le crime & l'horreur,
Souuent des repentirs desarment leur fureur,
Font taire le tonnerre alors mesme qu'il gronde,
Et rendent le pardon, & le salut au monde;
Vous les pouuez, Madame, imiter aujourd'huy,
Vous oyez nos regrets, vous voyez nostre ennuy,
Et dans le déplaisir Rome entiere abismée
Doit calmer le courroux dont vous estes armée.

ZARATTE.

C'est en vain qu'elle est triste, & que vous me flatez.
Si ie ressemble aux Dieux, c'est aux Dieux irritez,

Qui veulent laiſſer cheoir la foudre & la vengeance.
Quand des crimes publics ont laſſé leur clemence.
Ces diuins ſouuerains lors qu'ils ſont courroucez,
Par d'effroyables coups l'vn ſur l'autre pouſſez,
Sans reſerue & ſans choix ordonnent au tonnerre
De punir l'attentat & l'orgueil de la terre,
Qui ſans ſe laiſſer vaincre à des vœux impuiſſants;
Pour punir vn coupable eſteint mille innocents.
C'eſt ſur luy que ie regle aujourd'huy ma cholere,
C'eſt ainſi que les Roys ſe doiuent ſatisfaire,
Et qu'il leur faut lauer dans des fleuues de ſang
La tache qu'on veut mettre à leur illuſtre rang.

DOMITIAN.

Et bien, puis qu'il vous faut des victimes ſanglantes,
Laiſſez tomber le coup ſur les moins innocentes;
Sacrifiez ma vie à vos ſeueritez,
Auſsi bien vous deuez punir mes vanitez,
Vous deuez m'empeſcher de viure & de me plaindre,
Deſia ma fureur croiſt & ne peut ſe contraindre,
Pour peu qu'on me laiſſaſt à vos pieds ſouſpirer,
Mon eſpoir expirant me feroit murmurer,
Ie vous appellerois ingratte & ſans memoire,
Et vous reprocherois voſtre amour & ma gloire.

ZARATTE.

Le mot d'amour me choque & me deuient suspect,
Celuy de gloire marque vn manque de respect,
Et de quelque façon que vostre cœur s'exprime,
Vostre bouche le trompe, ou luy fait dire vn crime.
Quoy! cette temeraire ose me reprocher
Que ses souspirs m'ayent pleu? qu'ils ayent pû me toucher?
Non non, elle se trompe & son orgueil la flatte,
Le dernier des Cesars est trop peu pour Zaratte,
Et Tite, que le Trône attend pour succeder,
Pouuoit seul esperer l'heur de me posseder.

DOMITIAN.

Mais il en est indigne en ayant pris vne autre,
Et le bon-heur qu'il perd deuroit faire le nostre.

ZARATTE.

En s'en rendant indigne il a remply mon cœur,
Pour vous d'indifference, & pour luy de rigueur.

DOMITIAN.

Quoy! vous nous destinez tous deux à la vengeance?

ZARATTE.

Vous ferez le premier l'essay de ma puissance,
Puisque ie vous deffends de vous en informer.
Tribun, remenez-moy. Soldats, qu'on s'aille armer.

DOMITIAN.

Quelque injuste dessein qui vous porte à me nuire,
Ie m'en vay me donner l'honneur de vous conduire.

ZARATTE.

Vous voudriez le cœur, tant ie vous cognoy vain,
Si ie vous permettois de me donner la main.

SCENE VII.

DOMITIAN, TITE.

DOMITIAN.

AVez-vous remarqué ce qu'elle vient de faire ?

TITE.

I'ay veu tout son orgueil, oüy toute sa cholere,
Et ie ne viens icy que pour voir auec vous
Sur le peril qui touche Aricidie, & nous.
Que doit-elle resoudre en ce danger extréme ?

DOMITIAN.

Les dangers qu'elle craint nous regardent nous mesme.

TITE.

Elle doit plus que nous pourtant les redouter.

DOMITIAN.

Pourquoy?

TITE.

Leur nombre croist qui vient m'espouuanter.
Sa famille traittée auec ignominie,
Son Pere plain d'ennuis, Rome son ennemie,
Sa tristesse & ses pleurs sur mon sang respandu,
Son honneur hazardé quand ie seray perdu,
Et seule reseruée en butte à tant d'orages?
Cette peur troubleroit les plus fermes courages,
Ie n'y sçaurois songer qu'auec estonnement,
Et l'effroy que i'en ay m'oste le jugement.

DOMITIAN.

Ces malheurs sont pressants, ie tremble à leur menace.

TITE.

Mais pour les diuertir que faut-il que face?
Dois-je aller irriter par ma soûmission
Le courroux de Zaratte, & son ambition?
Iray-je prosterner aux pieds de cette altiere
La gloire des Cesars? l'honneur de Rome entiere?

Et

Et dois-je de son Trône approcher à genoux
Pour fuyr l'esclat du coup qui va fondre sur nous,
Et pour aigrir encor par l'adueu de ma flame
L'imperieux orgueil qui regne dans son ame?

DOMITIAN.

Apres ce que i'ay dit, apres ce qu'elle a fait,
Vostre soumißion sera de nul effet.
Si vous estes constant, elle sera cruelle,
Et si vostre grandeur s'abaisse deuant elle,
Au lieu de moderer sa rage & sa rigueur
Elle releuera sa superbe, & son cœur,
Regardant à ses pieds l'humilité profonde,
Et les nouueaux respects d'vn des maistres du monde.

TITE.

Quel est donc vostre aduis en cette extremité?

DOMITIAN.

De vous abandonner à la neceßité.
Zaratte vous poursuit, l'Empereur l'authorise,
A cét instant peut-estre Aricidie est prise,
On consulte peut-estre à nous perdre tous deux,
Tentons pour nous sauuer vn succez hazardeux.

N

Vous auez du credit parmy les gens de guerre,
On y craint vostre nom à l'esgal du tonnerre,
Mon Frere, croyez-moy, subornez leur fureur,
Et pouuant en vser faites vous Empereur.

TITE.

Mais l'Empereur alors que faut-il qu'il deuienne?

DOMITIAN.

Mais que vont deuenir vostre vie & la mienne?
Nous l'abandonnerons en proye à son ennuy,
Et ce qu'il fait de nous, nous le ferons de luy.
Ce conseil est hardy, mais l'affaire est pressante.

TITE.

Ce conseil marque assez vostre humeur violente:
Et quelques specieux que me soient vos aduis
Je me repentirois de les auoir suiuis.

DOMITIAN.

Par là vous préuiendrez l'affront qu'on vous procure.

TITE.

Par là ie destruirois l'honneur & la nature
Ah! perissent plustost vous, ma Maistresse & moy!

SCENE VIII.

TREBACE, TITE, DOMITIAN.

TREBACE.

ON vient de me prescrire vne fascheuse loy.

TITE.

Quelle?

TREBACE.

Il me faut, Seigneur, saisir vostre personne,
I'en suis au desespoir, mais l'Empereur l'ordonne.

TITE.

Sa bonté que i'offence a droit de me hayr,
C'est mon Prince, & mon Pere, il luy faut obeyr.

TREBACE.

Mon ordre est fort exprés quoy qu'il soit vn peu rude,
Et doit s'executer auecques promptitude.

TITE.

Allons. Et vous mon Frere allez à l'Empereur
Tâcher encor vn coup d'adoucir son aigreur.

Fin du quatriesme Acte.

ACTE V.

SCENE PREMIERE.

ZARATTE, ZELANE.

ZARATTE.

Ie les trouue tous deux dans vn crime semblable.

ZELANE.

Domitian pourtant n'en est pas si coupable.

ZARATTE.

M'abuser de la sorte est-ce pas me trahir?

ZELANE.

Et cette opinion vous le feroit hayr?,

ZARATTE.

Pleust aux Dieux le hayr, & pouuoir pour ma gloire
Deffendre à son objet l'accez de ma memoire,
Deffendre à mon esprit de m'en entretenir,
Et tout perdre de luy jusqu'à son souuenir.
Mais tu le sçais Zelane, & tu n'es pas trompée,
Il a surpris mon ame, il l'a toute vsurpée;
Ses vertus l'ont conquise, il y regne absolu,
Et j'ay peine à vouloir ce qu'il n'a pas voulu.

ZELANE.

Madame, permettez que sous vostre licence
I'accuse mon esprit de peu d'intelligence,
Domitian vous plaist, au moins vous l'auez dit,
Et sa douleur pourtant a si peu de credit,
Que sans qu'elle vous touche alors qu'elle est plus forte,
Vostre courroux ailleurs vous porte, vous emporte;
Il deuroit estre plaint, ou du moins escouté.

ZARATTE.

Voudrois-tu qu'à ses yeux ma honte eust esclaté,
Et que sans respecter mon rang ny mon estime,
Ma foiblesse eust trahy mon courroux magnanime?

Zelane, cognoy mieux mes ſentiments ſecrets,
Ma feinte & ſa douleur me couſtent des regrets,
Il ne merite point des traitements ſi rudes,
Et mon ame prend part à ſes inquietudes;
Mais, helas! tu ſçais bien qu'eſtant ce que ie ſuis,
Ie me dois à ma gloire auant qu'à ſes ennuis,
Et dans quelque malheur que mon deſſein me range,
On m'a fait vn outrage, il faut que ie me vange.

ZELANE.

Mais quelque grand pouuoir qu'on reſigne en vos mains,
Vous eſtes cependant en celuy des Romains,
Vous eſtes, & chez eux, & meſme en vne Ville,
Où ſi tant d'Eſtrangers ont trouué leur Azile,
Il eſt à preſumer auec plus d'équité
Que ſes propres Enfans y ſont en ſeureté:
Et puis ignorez-vous que l'Empereur luy-meſme
Voyant vne Eſtrangere attaquer ce qu'il ayme,
Suiure ſa paſſion, porter ſon attentat
Sur l'eſpoir le plus doux qui flatte ſon Eſtat,
N'oppoſe pas en fin à cette violence
Les droicts de la nature, & ceux de ſa puiſſance?

ZARATTE.

L'Empereur eſt Romain, c'eſt à dire ſoûmis,

Et contraint de garder ce qu'il nous a promis;
I'ayme Domitian, & quoy qu'il en aduienne
Ie perirois plustost que de n'estre pas sienne;
Et quand à son aisné pour qui tu crains si fort,
I'en veux des repentirs sans en vouloir la mort;
Ie veux qu'Aricidie à present me captiue,
Tremble mesme pour luy... Mais ie voy qu'elle arriue.

SCENE II.

ZARATTE, ARICIDIE, ZELANE, vn Soldat.

ZARATTE.

QVi vous améne icy?

ARICIDIE.

Vostre ordre, & ce Soldat.

ZARATTE.

De vostre nouueau rang fait-il si peu d'estat

Qu'il

Qu'il ose vous contraindre à venir en personne
Entendre & receuoir les ordres que ie donne?

ARICIDIE.

Puisque tout dedans Rome est sous vostre pouuoir,
En vous obeyssant il a fait son deuoir.

ZARATTE.

Mais le Prince vous ayme, & par là ce me semble
Il deuoit respecter le nœud qui vous assemble.

ARICIDIE.

On respecte assez mal les Princes en prison.

ZARATTE.

Ne craint-il point qu'vn iour il n'en tire raison?

ARICIDIE.

Tite est trop genereux pour charger sa memoire
De ce ressentiment qui flestriroit sa gloire,
Vn Soldat est trop peu pour aigrir son courroux.

ZARATTE.

Qui peut donc meriter sa hayne.

ARICIDIE.

Rome, & vous:
Rome, comme vne ingrate & comme vne Maraſtre,
Vous comme vn fier Tyran qui veut qu'on l'idolatre,
Et qui la rage au cœur, & l'injuſtice en main,
Luy demandez vne ame indigne d'vn Romain:
Mais la ſienne eſt trop noble, & ſon diuin Genie
Ne peut eſtre oprimé d'aucune tyrannie.

ZARATTE.

Doncques pour ſe vanger, cét eſprit dangereux
S'il eſtoit en pouuoir nous perdroit toutes deux?
Nous ſerions donc l'objet de ſa lache furie?
Et ſans conſiderer que Rome eſt ſa Patrie,
Que ie ſuis vne Fille, & que i'ay quelque rang,
Son courroux verſeroit nos pleurs, & noſtre ſang?
I'y donneray bon ordre, & puis que ſon eſtime
Se verroit obſcurcie en commettant ce crime,
Son treſpas préuiendra ſa reſolution,
Sa perte ſauuera ſa reputation,
Sa Ville & ſon pays ne craindront plus ſa rage,
Moy ſes reſſentiments, nos peuples ſon courage,
Et le coup qui mettra ce criminel à mort,
Mettra Rome, Zaratte, & les Parthes d'accord.

ARICIDIE.

Rome n'est pas si fort de soy-mesme ennemie
Qu'elle osast se noircir d'vne telle infamie;
Et les Parthes ont eu iusqu'icy trop d'esclat
Pour le vouloir ternir par vn assassinat.
Si le Prince aujourd'huy sert d'obstacle à leur gloire,
Qu'ils flestrissent la sienne auec vne victoire,
Qu'en Guerriers genereux, les armes à la main,
Vaillant contre vaillant, Parthe contre Romain,
Ils tâchent d'acheuer les anciennes guerres
Qui depuis si long-temps ont moissonné leurs terres.
Ils sont trop estimez pour n'y consentir pas,
Et Tite se perdant par vn noble trespas
Verroit là d'vn œil sec, & d'vne ame constante,
Sans paslir ny trembler, la mort pâsle & tremblante.

ZARATTE.

Souhaittez-vous que Tite esprouue les malheurs
Qui cousterent icy tant de honte & de pleurs,
Quand Crassus autrefois amena dans nos plaines
L'Auarice & l'Orgueil des legions Romaines?
L'infortune esclatta sur les ambitieux,
Nostre Demon vainquit celuy de vos ayeux,

Leur carnage y rendit nos campagnes fecondes,
On entend plaindre encor leurs ames vagabondes,
Et Crassus & son Fils n'auroient point de tombeaux
S'ils n'auoient rencontré le ventre des Corbeaux,
Et vous voulez que Tite aille remplir leur place?

ARICIDIE.

Princesse, vn tel reproche est de mauuaise grace.
Vous raualez vn prix qu'on vous voit disputer,
Vous abaissez vn Trône où vous voulez monter,
Et la gloire de Rome est par vous mesprisée
A cause qu'elle eschappe à vostre ame abusée.
On sçait que sa valeur a depuis reparé
L'outrage que nous fit ce mal inesperé,
Obligeant la Fortune à vous estre contraire,
Tantost dessous Auguste, & tantost sous Tibere.
Ie pourrois alleguer si i'auois de l'aigreur,
Exemple pour exemple, & malheur pour malheur,
Parler de vos affronts, vous remettre en memoire
La honte dont Pacore a soüillé vostre Histoire,
Quand vn de nos Consuls l'immola de sa main
Aux Manes de Crassus & du Peuple Romain:
Mais puis qu'vn meilleur Astre à la paix nous appelle,
Puis que Rome aujourd'huy vous trouue digne d'elle,

Et puis que cette haine a quitté nos parents,
Quittons le ſouuenir de ces vieux differents,
Et ne confondons plus dedans aucuns reproches
L'intereſt de nos Dieux ny celuy de nos proches.

ZARATTE.

Oſez-vous me reſpondre auecques tant d'orgueil,
Moy qui puis d'vn ſeul mot ouurir voſtre cercueil?

ARICIDIE.

Oſez-vous blaſmer Rome auec tant d'aſſeurance,
Vous qui venez d'Aſie en chercher l'alliance?

ZARATTE.

Ie l'auois recherchée, & les Dieux ont permis
Que n'ayant pas tenu ce qu'elle auoit promis,
Elle ſoit mon eſclaue, elle à qui tant de Princes
Apportent à genoux le tribut des Prouinces.

ARICIDIE.

Ie ſçay qu'on vous y craint.

ZARATTE.

Vous n'ignorez donc pas

Que i'ay pouuoir ſur vous de vie & de treſpas?

ARICIDIE.

Non. Mais vous ignorez que ie ſors d'vne Race
Qui ne trembla iamais pour aucune menace,
Et qui dans ſes Ayeux conte des conquerants
Qui remirent le Sçeptre aux mains de vos Parents.

ZARATTE.

Quoy que vous les chargiez d'vne lâche impoſture
Ie vangeray ſur vous leur honte & mon injure.

ARICIDIE.

C'eſt ce que ie deſire, & ce que vous deuez:
Nos intereſts par là nous ſeront conſeruez,
Ie mourray ſans regret, & vous viurez ſans blâme,
Tite me pleurera, vous deuiendrez ſa femme,
Mes Manes plains d'eſpoir iront dans les Enfers
Attendre le retour du bon-heur que ie pers,
Et mon Ombre en ces lieux dignement reſpectée
Aura la qualité que vous m'aurez oſtée.

ZARATTE.

Ce magnifique eſpoir a tort de vous flatter,

Puis que pour le punir & pour me contenter
Ie veux que vostre amour s'arme contre soy-mesme,
Et par vous m'acquerir l'orgueilleux qui vous ayme.

ARICIDIE.

Dites plus clairement que vous voulez ma mort,
Elle m'espargnera cét inutile effort;
Tite est trop genereux pour manquer de parole.

ZARATTE.

Chassez de vostre esprit cette crainte friuole;
Ie veux que vous viuiez afin que vous & luy
Deueniez le butin d'vn eternel ennuy,
Et qu'vn long desespoir succede à l'arrogance
Dont vous auiez borné toute vostre esperance.

ARICIDIE.

Et s'il n'y consent pas.

ZARATTE.

Il s'en repentira.

ARICIDIE.

Il doit plustost mourir.

ZARATTE.

Et bien donc il mourra.

ARICIDIE.

Helas! si sa constance est vn piege à sa vie,
Que la mienne plustost ne m'est-elle rauie!

SCENE III.

TERTVLLE, ZARATTE, ARICIDIE, ZELANE.

TERTVLLE.

ELle te le sera sans sortir de ce lieu;
Il faut luy dire enfin vn eternel Adieu,
Ceder à tes malheurs de qui le cours t'emporte,
Et borner ta superbe à la mort que ie porte.
Madame, pardonnez si sans vostre congé
Vous allez voir vn Pere & son despit vangé,

Si pour punir l'orgueil qui soüilloit sa Famille
I'en laue l'attentat dans le sang de sa Fille,
Et si le chastiment qu'elle va se donner,
Vous force à mon exemple à ne point pardonner.

ZARATTE.

Tertulle, laissez-moy le choix de son supplice,
Et ne prescriuez point de regle à ma Iustice.

ARICIDIE.

Quoy! mon Pere luy-mesme?...

TERTVLLE.

Ah, ne replique plus:
Estouffe ces regrets & ces pleurs superflus,
Seulement pour brauer le malheur qui t'accable,
Tâche à franchir sans peur ce pas inéuitable,
Fay ton destin toy-mesme, & ne doy qu'à tes mains
La gloire d'vn trespas qui sied bien aux Romains.

SCENE IV.

TITE, TERTVLLE, ARICIDIE, ZARATTE, ZELANE, vn Soldat.

TITE.

Qve dites-vous, Tertulle? Et que voulez-vous faire?
Vous ressouuenez-vous que vous estes son Pere?
Que ie suis son Espoux?

TERTVLLE.

Helas que cét honneur
Est fatal à sa vie autant qu'à mon bonheur.
Oüy, ie m'en ressouuiens, mais dans cette aduanture
I'ay bouché mon oreille aux cris de la Nature,
Qui vouloit arracher de mon cœur combatu
Les rudes sentiments qu'exige la vertu.
Cette vertu m'emporte, & jaloux de la gloire

Que Torquate rencontre encor dans nostre Histoire,
Ie tâche d'imiter ce grand homme aujourd'huy,
Et mon malheur me force à faire comme luy,
Il proscriuit son sang, ie proscris ma Famille,
Il condamna son Fils, ie condamne ma Fille.

TITE.

Au lieu de le souffrir, daignez luy pardonner, à Zaratte.
La generosité semble vous l'ordonner:
Par elle, & par l'ardeur que vostre ame diuine
Allume & fait brusler dedans vostre poictrine;
Par toute la tendresse, & par toute l'amour
Que vous auez pour ceux qui vous mirent au iour;
Par Vologese enfin qui doit vous estre aimable,
Sauuez une innocente, & perdez un coupable.

ARICIDIE.

Puisque ce fut pour moy qu'il fut mécognoissant,
Punissez la coupable, & sauuez l'innocent.

ZARATTE.

Relaschez-vous si fort de vostre humeur altiere,
Que de vous abaisser iusques à la priere?
Et dans vos déplaisirs vous ressouuenez-vous
De l'orgueil qui tantost vous portoit iusqu'à nous?

ARICIDIE.

Ouy, ie m'en ressouuiens, & s'il faut d'vne excuse
Deffendre & soustenir l'orgueil dont on m'accuse,
Tant que l'amour du Prince a flatté mon espoir
I'ay creu que tout dans Rome estoit en mon pouuoir,
Et que vous, qui veniez pour en rompre la chaine,
Vous deuiez pour le moins vous attendre à ma haine,
Et souffrir ma colere & mon ressentiment
Puis que vous m'arrachiez ma gloire & mon Amant.
Mais voyant mon Demon plus foible que le vostre,
Mon Amant obligé d'en adorer vne autre,
Ma vie vne victime offerte à mon pays,
Mon esperance esteinte & mes desseins trahis,
Il me sieroit fort mal d'auoir dans la pensée
De vains ressouuenirs de ma gloire passée,
Et de ne pas prier la vostre auec des pleurs
Qu'elle laisse le Prince en proye à ses malheurs,
Qu'il échappe, qu'il viue, & que du moins j'obtienne
De rachepter sa vie en vous payant la mienne.

SCENE V.

ZARATTE, VESPASIAN, TITE, DOMITIAN, TERTVLLE, ARICIDIE, ZELANE, TREBACE.

ZARATTE.

LEuez-vous : & sçachez deuant vostre Empereur
La cause qui m'oblige à calmer ma fureur ;
Seigneur, ie ne veux pas que Rome ayt l'auantage à Vespasian.
De m'auoir surmontée en grandeur de courage,
Ny qu'on la nomme seule entre les nations
Maistresse de la Terre & de ses passions.
Au lieu de me vanger, j'oublie, & ie pardonne,
Et comme ce discours peut-estre vous estonne,
Commencez à la fin de gouster les raisons
Qui forçoient ma rigueur à troubler vos maisons.
Ie suis Princesse, & Fille, & i'estois negligée.

Ma naissance, mon sexe, & mon ame outragée,
Et le vaste pouuoir que vous m'auiez donné
Aigrissoient vn courroux qui n'estoit point borné,
Regloient ma volonté sur mon impatience,
Et n'allumoient en moy que haine & que vengeance.
Ces aspres passions ont d'abord éclaté,
Quand i'ay veu sans pouuoir & sans humilité
Ces fameux criminels qui m'auroient appaisée
Si leur fiere vertu ne m'auoit mesprisée.
Tant qu'a duré l'orgueil qui regnoit dans leur cœur,
Autant & plus encor a duré ma rigueur,
Mais lors que leur respect m'a fait voir de leurs larmes,
Mon esprit attendry leur a quitté les armes,
I'ay calmé ma cholere, & les ayant soûmis,
Ma pitié genereuse en a fait mes amis.

TITE.

Ah! magnanimité qui n'eut iamais d'exemple!

ZARATTE.

Il faut que sur le champ nous les menions au Temple,
Où j'entends qu'en presence & de vous & de moy,
Ces amants estonnez dissipent leur effroy,
Et que Tite à la fin reçoiue pour espouse
Celle de qui i'estois ennemie & jalouse.

VESPASIAN.

Si i'ose repartir pour Rome, & contre luy:
Vostre Hymen de la paix l'vnique & ferme appuy,
Ne se terminant pas selon la fantaisie,
Ny comme l'ont pensé Vologese & l'Asie,
N'apprehendez-vous point que ce change inégal
N'attirast sur mon nom vn reproche fatal,
Et qu'on ne m'accusast de quelque perfidie,
Si ie souffre que Tite espouse Aricidie?

DOMITIAN.

Si vous me permettez, Seigneur, de repliquer,
La chose en ma faueur se peut bien expliquer.
Vologese & les siens veulent vostre alliance,
Ils veulent vostre Fils: ie vous dois la naissance,
Ie le suis, & de plus si mon propre interest...

ZARATTE.

Prince, ie vous entends, & ie sçay quel il est;
Ie sçay que vostre choix m'a tousiours honorée,
Et que vos passions ont eu quelque durée:
Si mes desdains passez n'ont pû les amortir,
I'approuue leur enuie & i'y dois consentir.

Puis qu'il vous reste encor de ces premieres flames
Dont mes premiers regards embraserent nos ames.

VESPASIAN.

Puisque Domitian a sceu si bien choisir,
Et puisque vos bontez approuuent son desir,
Nous pouuons aujourd'huy faire vn double Hymenée.

ZARATTE.

Seigneur, c'en est beaucoup pour la mesme journée.
S'il le veut toutefois, & si vous l'ordonnez,
A vous plaire à tous deux mes desseins sont bornez.

DOMITIAN.

Ah, joignez promptement l'effet à la parole :

ZARATTE.

Il faut donc s'y resoudre : Allons au Capitole.

Fin du cinquiesme & dernier Acte.

www.ingramcontent.com/pod-product-compliance
Ingram Content Group UK Ltd.
Pitfield, Milton Keynes, MK11 3LW, UK
UKHW012043240726
13965UKWH00003B/996

9 782013 037969